解連環

姚白芳 著

紀念第二次世界大戰結束七十週年

獻給飽受時代動盪與命運磨難，堅忍信念、勇敢前行的人們

敦厚心眼，觀照飄盪年代

台積電文教基金會董事 張淑芬

展讀白芳女士的這部小說，猶如一趟穿越戰亂與動盪的時空旅行。然而，又不只是戰亂與動盪……

它最吸引我的，是閃動在戰爭的暗黑濃霧中，如星熠熠發亮的良善心光。

對於我這輩人而言，日據時代是一個「耳聞」的時代，但透過種種影像紀實、文字書寫、歷史檔案，在在可以感知那個未曾經歷的歲月氛圍。台灣，自大清帝國因甲午戰爭失利而割讓給日本後，長達五十年的殖民式統治，所帶來的創痛與悲劇，埋藏在許多人的生命內裡。

天倫傾覆、骨肉離散、備受欺壓的屈辱、台日之間的芥蒂、族群的矛盾，這諸多層面的糾結，在這一部小說中，作者並沒有大量著墨，更無聲嘶力竭地控訴。所娓娓道出的，是日據時代一位尋常的台灣女子阿碧，她的一生以及延伸至女兒蘅芷成長後，交織於台灣、日本、中國大陸、美國之間的跨時空境遇。

阿碧受過日本教育，嫁給丈夫許乾後，敬奉婆婆，和睦妯娌，是一位謹守本分的好媳婦。由於許乾是當時日軍掌權派的屬下，職司機械修繕，必須隨著戰事的推進不斷移防。七七事變爆發後，阿碧曾隨許乾的兵團移防而住在廣州三年；珍珠港事變發生時，又因許乾的部隊準備攻佔馬來西亞與新加坡，無法攜帶眷屬而被送回台灣。

在阿碧的語彙裡，沒有所謂政治、主權，沒有航空艦隊，沒有軍事奇襲計畫，她所有目光的眺望，只是許乾一封封來自戰地的家書。牽繫著丈夫生死安危的戰爭之路，就是阿碧命運的流轉之途。

當一九四五年日本全面無條件投降，阿碧欣喜若狂，戰爭總算結束了，不會再有人因而戰死，她企盼著丈夫能很快回來，一家團圓。

這時在街市裡，她看到向來與她十分要好的日本太太菊子桑，披頭散髮、衣衫襤褸地坐在路口，當街叫賣全部家當。過去菊子桑經常送日本料理跟甜點給阿碧，這對阿碧一家而言是無上美味，她記著這個恩。此時看到菊子桑淪落如乞丐，阿碧於心不忍，趕緊回家拿了純金戒指跟翡翠戒面送給她。即將被遣回日本的菊子桑落下眼淚，回贈給阿碧的是印有菊花的瓷盤。瓷盤本是一對，菊子桑留下另一個，紀念這段異國的情誼。

菊子桑的兒子徵調凶險戰場、先生成為戰犯，阿碧的丈夫生死未卜、音訊渺茫，此刻兩人淚眼相看，真是斷腸人對斷腸人。在森冷的戰爭下，她們沒有國族之分，沒有敵我之別，只有人與人之間，單純的互相體知，溫暖地執手一握，縮影的正是她們在戰亂歲月中，以人性記取了恩義的一個切面。偌大戰局中小小人物的互疼互惜，讀來特別令人動容。

在人類的歷史中，每一個時空場域，都有可能不斷發生戰亂，也許是軍事的，也許是經濟的，也許是宗教的，大至國與國，小至群體與群體、個人與個人，甚或是自己與自己，都有可能戰事突起，干戈相向。如果，能在煙硝瀰漫中，留取一面有如「菊花瓷盤」般溫暖的恩義、純淨的情感，以敦厚心眼觀照飄盪，人才能有溫度地繼續存活下去。

當然，這部小說中「菊花瓷盤」的意象，並非一個結束，而是埋下了深邃的伏筆。至於這個深遠的因緣，如何牽繫起阿碧與菊子桑的子輩、孫輩發展出一段動人的愛情？這對瓷盤如何在另一個時空中巧妙地重逢？那就有待讀者朋友們深入書頁，細細吟味了。

手解連環，風散雲收

作家 王思熙

繼《千年畫緣》與《滿江紅》之後，《解連環》是姚白芳的又一力作。遠在《千年畫緣》出版之前，姚白芳的「才女」稱號在親朋好友之間早有所聞。但誰也沒有想到她初展啼聲的《千年畫緣》長篇小說不鳴則已，一鳴驚人，一出版就洛陽紙貴，榮獲當時金石堂周暢銷書排行榜的第一名。不久之後，她的《滿江紅》問世了，同樣也受到讀者的高度青睞，佳評如潮。現在她的另一力作《解連環》又要付梓了，可見「才女」的稱號果然不是浪得虛名，她文思泉湧，創意十足，她對小說情節的鋪排，融合了現實與歷史，寫出了經歷與遐思，不僅抒發了自己的情感，也貼近了與讀者之間的距離，讓讀者產生了心靈的共鳴。

有一位作家曾經這樣寫道：

如果人生是一本書的話，那麼寫這本書的，就會有兩支筆：一支筆寫他人，一支筆寫自己。任何一個人都不能離開他人而獨立，因此，在人生這本書上，應該寫的是自己的影子，自己的奮鬥，自己的情緒與輝煌；也應該寫他人的價值，他人的慷慨，他人的犧牲與奉獻。

老實說，對於小說創作，我是門外漢，但對於小說的欣賞，我就特別挑剔。年輕時候，我非世界名著不讀，非名家之著不看，所以我讀的小說不是《雙城記》就是《基督山恩仇記》；不是《簡愛》就是《戰爭與和平》，對於現代的一般尋常小說甚少接觸，更不用說用心閱讀了。

話雖如此，但我對中國歷代稗官野史、鄉野傳奇、歷史演義、元明戲曲與各類章回小說，也都有所涉獵，目的是想從中攝取作者當時的內心世界與心理狀態，了解那個時代的社會思潮與生活方式。換句話說，當我大量閱讀中國古代的野史筆記與傳奇小說等古典作品，目的只有一個，就是「研究」，純粹為了研究而閱讀，欣賞擺在其次。

其實，近世紀以來，華人文壇傑出作家輩出，出現了不少膾炙人口的長篇佳作。那些作品有些是見證苦難歷史各類人物的悲喜劇，更多的作品是憑空想像，純為虛構的空幻情節，鮮少融入現實生活的殘酷與歷史動盪的苦難，寫出自己的遐想與哲思，這就是世界名著有別於尋常創作的地方。

當我閱讀了《千年畫緣》與《滿江紅》兩本長篇小說之後，我發現作者姚白芳小姐確實寫出了世界名著所必須具有的一些元素，她不做無病呻吟之言，不刻畫才子佳人情節，而是在泣訴歷史悲劇中的一幕幕平凡人物的小故事、小細節。所以她小說中的故事情節不失其真，又不失其善，更不失其美，人性的善惡美醜，時代的明暗對錯，字裡行間，情節轉折，耐人尋味，故事鋪排極具巧思。

一位西方知名文學家說過：「乏味的藝術，就是把話說盡。」這句話要表達的是：一部傑出的文學創作，就是要讓讀者有想像的空間，讓讀者能夠參與其中，都有各自的詮釋與感受，這就是所謂的「引發共鳴」。

記得曹雪芹在《紅樓夢》的太虛幻境節中有副對聯說：「假作真時真亦假，無為有處有還無。」或許有人會說：「這世界本來就是真真假假，假假真真，小說之言，何必當真。」但我還是要說：小說的真實或虛構是一回事，但其寫作的本意與創作的源頭又是另一回事，最重要的是作者想要陳述的哲思與所要表達的意境，這才是文學能夠傳諸後世的關鍵。不論《千年畫緣》、《滿江紅》或現在付梓的《解連環》，都具備了這樣的價值。

認識姚白芳小姐數十年，深知她慈悲心重，熱情洋溢，樂於助人，尤其對那些殘疾老苦貧困的弱勢族群，例如泰北老兵的關懷與照顧，泰北偏遠窮困孩子的獎學與鼓勵，都能付出愛心，不遺餘力，而且她耿直的性格與文學的涵養也在在令人敬佩。《解連環》是以二次世界大戰後期，日本無條件投降前後，直到現在為時代背景，以她親身經歷與見聞為寫作題材，用生花妙筆敘說如泣如訴的故事，故事中似乎一支筆在寫自己，一支筆在寫別人，但不管如何，故事中有人性的美善與醜惡，有人與人之間的情義與算計，對愛恨情仇、悲歡離合場景的描述，悲而不憤，哀而不怨，一路寫來溫文婉約，而對人物個性的刻畫，境遇的闡述，娓娓道來，栩栩如生，動人的情節歷歷在目，大有曲雖盡而韻猶存的餘緒。

小說書名《解連環》是取自周邦彥《解連環》詞中的涵意。該詞是：

怨懷無託，嗟！情人斷絕，信音遼邈。信妙手、能解連環，似風散雨收，霧輕雲薄。燕子樓空，暗塵鎖、一床絃索。想移根換葉，盡是舊時，手種紅藥。

汀洲漸生杜若，料舟依岸曲，人在天角。謾記得、當日音書，把閒語閒言，待總燒卻。水驛春迴，望寄我、江南梅萼。拚今生、對花對酒，為伊淚落！

周邦彥寫「人去樓空」，嘆「情愛念遠」，曲折回盪，情致纏綿，確有其獨特韻味。讀姚白芳的《解連環》，除了具有周邦彥的那種「暢懷情義，複雜心緒」的獨到韻味之外，還隱約透露出對歷史的悲愴，對情緣的哀傷，一股幽思寄情，躍然紙上，僅就這一點就值得推薦了。

目次

第一部

夢前塵

一

今天是昭和十一年（一九三六年）三月十一日，許乾有點緊張，更多的是興奮。從二十歲開始，相親的次數自己都記不清。

生於大正一年（一九一二年）今年已經滿二十四歲，公學校畢業後，貧困的家境供不起他再繼續讀書。憑著獎學金，自己續讀兩年的工業技術學校，他生來一雙巧手，從小家裡的時鐘、電燈、插座、汲水馬達……只要一經他的手就煥然一新，可以再用。

工業學校畢業後，他不只會修各種大小車輛，連小型的飛機都可以修得起降自如。後來被分發到當時掌權派紅人鈴川大佐的部下，他曾對鈴川大佐的千金梅子小姐有意思，但是梅子早有意中人，她倒不是嫌他的容貌不出眾，或者是台灣籍。

許乾的臉龐輪廓分明，挺直的鼻樑，炯炯有神的雙眼甚至顯得有點凌厲，所以很寵愛他的鈴川大佐叫他要戴眼鏡遮一遮，沒想到他竟去買圓形的墨鏡戴，有的小姐認為他太時髦，不敢問津。當然更多的是他看不上人家，所以婚事蹉跎至今。

他的寡母阿雲告訴他：「今天相親的是楊舉人後代楊木仲的養女阿碧。」許乾知道只要經過慈誠宮拐進大南路第三戶，一幅藍底金字光緒皇帝敕賜的「文魁」橫匾，高高掛在雕刻細緻繁複龍鳳螭紋的屋簷下，那就是楊木仲的家。

阿碧今天真是緊張極了，並不是她生得醜，而是她的個性太靦腆。她有一張像熟透蘋果紅通通的圓臉，連眼睛都是圓圓的杏眼，大小適中的嘴巴，直直的鼻樑，就是山根實在很低。

她曾聽算命的說：「山根低的女人夫星不旺。」這句話令她耿耿於懷。

她的女紅是一流的，不管是十字繡、雙面繡、卐字不斷頭的鎖針繡、絲繡，都讓人嘖嘖稱讚。

烏肉年輕時是大稻埕有名的藝伎，一入楊家大門，藝伎的身分就矮人一大截，一點地位也沒有。加上她不能生育，只好去草山種田的張姓人家，抱回來六個月大的女嬰阿碧。一直到十幾年後烏肉一直沒有生，再去抱回來一個男嬰清海，楊木仲視清海如己出，對阿碧只當養女看待。

本來烏肉打算要讓阿碧唸完公學校後，再去讀靜修女中，但是楊木仲重男輕女，不准烏肉花錢讓阿碧繼續唸書。

結果阿碧去當編織楊榻米框邊的女工，因為每天編織草繩的關係，手心有點磨粗了，但是手的形狀還是非常美，她很怕如果男方要跟她握手，會讓對方感到它的粗糙，因此她常常捏著一條手帕。

烏肉開始催她了：「阿碧，妳到底梳妝打扮好了沒？」

阿碧急忙回答：「正在穿紅底白圓點的紡綢洋裝，馬上就好了。」這是她唯一一件可以見客穿的衣服。

烏肉說：「男方要請我們在新開幕不久的玻麗露餐廳吃西餐，妳可要擦點胭脂水粉，才不會失禮。」

阿碧急著回答說：「阿母，知道啦。」

這時楊木仲已經穿好了一件藏青色長袍，烏肉也穿了一件褐色的織錦緞旗袍。

這間玻麗露餐廳是台灣人廖水來到日本去學習，日本人當時很流行西餐，才回來台灣開的。在這裡吃西餐非常高級，所以不少人選擇在這裡相親。

許乾知道今天要付五客西餐的錢，他希望口袋裡的錢夠付。

雖然鈴川大佐儘量提拔他，但無論如何台灣人的薪水還是比日本人低很多。他的薪水除了要奉養寡母阿雲外，不長進的弟弟許坤娶老婆生了兩個孩子，還是遊手好閒不務正業，所以許乾的薪水要養許坤一家四口，自己能存下來的錢就很有限。

許乾帶著他的寡母阿雲十一點半就到了，這是他第二次來玻麗露餐廳，上次是陪鈴川大佐來這裡應酬，十幾個人，有比大佐更高官階的官員，大家都點牛排，大佐替自己也點了一份，那是生平第一次吃牛排。

他知道自己的寡母阿雲平常也沒有什麼機會吃到好料理，所以選擇在這家有名的餐廳相親，也讓自己的母親有機會吃一頓好的。

阿碧低垂著頭跟養父母一起走進餐廳，許乾老遠就看到她靦腆的樣子，等她坐下來一看，圓圓的蘋果臉，大小厚薄適中的嘴唇，一看就知道是個老實人；許乾對她的第一印象很好。這時菜開始上了，先是洋蔥湯，接著連甜點一共五道菜。

阿碧從來沒吃過這麼豐盛又可口的菜餚；楊家是清末舉人後代，算是大戶人家，大戶人家規矩很多；要讓男人先吃，然後才輪到大嬸婆、二嬸婆、三嬸婆，接著才是烏肉養母，阿碧這個養女，要等大家都吃完了才輪到她，這時所有的碗盤裡都只剩湯湯水水，她只好盛碗白飯攪拌這些湯汁吃。

玻麗露這一餐對她來說真是從沒嚐過的好滋味，但是她還是不失常態的一口一口慢嚼細嚥，許乾看她的吃相，對她的印象更好。阿碧看許乾穿著筆挺的西裝，繫上斜條紋領帶，更顯得一副紳士模樣，她想這樣的男人，這門親事是無可挑剔。

過了二個月他們結婚，除了新人還有楊木仲、烏肉、阿雲和一對男女花童，以及許乾請的三位男性友人，他們全體在照相館拍了一組照片做紀念。那天中午就在許乾祖厝前的空地，請了三桌酒席。

楊木仲沒有給阿碧一件嫁妝，倒是烏肉給她做了兩件新旗袍和買了兩雙新鞋。

結婚後，阿碧和婆婆阿雲相處得很好，她的小叔許坤跟弟媳春金比較會挑剔和計較，還好他們兩夫妻常常去賭博，照面的機會不多。許乾的薪水除了給母親外，也留下一些給阿碧當私房錢。

過了一年，七七事變爆發，許乾工作量加重很多，常常加班到深夜，通常要過了十二點才回來。這時阿碧就會煮兩碗餛飩湯，她叫醒已先睡覺的婆婆起來吃宵夜，許乾一回來，她趕緊在熱騰騰的餛飩湯上灑上一把芹菜珠子，三個人坐在一起吃熱騰騰的餛飩宵夜。自己只倒一杯熱開水陪他們母子吃。阿雲看不過去，去拿一隻碗分五顆餛飩給阿碧，她總是推推讓讓，連許乾都說：「阿碧妳也吃一些吧。」

往後阿碧學聰明了，她也給自己煮一碗三粒的，免得老是和婆婆推推讓讓。

阿碧進門前由她弟媳春金當家，每次一煮好飯菜，除了許坤和春金先吃，他們生的兩個小孩，就像風捲殘雲般把飯菜吃得一絲也不剩。

阿雲告訴阿碧，她還沒進門前，阿坤的老婆春金根本不把她這個婆婆放在眼裡，從來不想錢是大哥許乾賺的，卻讓自己的孩子跟丈夫先吃飽了才叫婆婆來吃，這時早就盤盤見底，只剩湯汁，阿雲只有盛碗白飯拌醬油吃。

阿碧在楊家早就知道這種盤盤皆空，只剩湯汁的滋味，等她進門當家後，每餐都留一大碗最豐盛的飯菜給婆婆吃。阿雲高興的到厝邊鄰居講：「我真是老來好命，娶了一個好媳婦，這麼孝順我。」

過了不多久，有一天許乾面色凝重的對阿碧說：「妳千萬不要跟旁人講，我們部隊整個兵團就要移防到廣州了。」

阿碧輕聲問：「是什麼時候？」

許乾跟她講：「這是軍事機密，只有鈴川大佐知道。我一有消息就告訴妳。」

阿碧憂心的點點頭。

一個禮拜後，這天，許乾很晚回來，他跟阿碧說：「後天晚上我們部隊全團坐大軍艦移防到廣州。妳不要擔心，我一到廣州就會寄家書跟薪水換的匯票給妳。」

阿碧每天數著日子等許乾的家書，終於在移防後的第四個星期收到他的信，以後每個月初五會收到他的家書，信裡頭一定夾著一張已經換好的匯票，她算一算許乾在廣州領的薪水，比在台灣時高四成。

過了半年，許乾又來信在信裡說：「工兵軍伕可以帶家屬到廣東，隔壁巷子的金土也會申請他的妻子秋子來廣東，妳剛好可以跟秋子坐同一艘輪船，彼此也有照應。」

臨出遠門的前一天，阿碧滷了一大鍋豬腳，殺了一隻土雞，又煮一鍋蘿蔔排骨湯給婆婆吃，哪知道阿雲看了這麼豐盛的飯菜竟然掉下眼淚。

她說：「阿碧，我真捨不得妳去廣東，妳這麼孝順，妳一走，還不知道春金會怎麼對待我？」

「阿母您別怕，我已經存了好幾兩金子藏起來，」阿碧靠近婆婆的耳邊跟她說：「金子藏在黑色樟木櫃子裡的夾層。我會叫阿乾直接把匯票用您的名字匯給您，春金的生活費還要跟您拿，想必他們也不敢忤逆您。」

阿雲說：「妳講的我都知道，但我捨不得妳這個好媳婦到那麼遠去。可是妳沒去，阿乾沒人照顧，我也擔心。」說著說著，老人家流下眼淚。

阿碧看婆婆掉淚，不曉得要怎麼安慰才好，只有夾了一隻雞腿跟滷得很爛的後腿肉請婆婆快吃。

阿碧說：「我滷這一鍋豬腿和這隻土雞您可以吃上好幾天，我已經交代春金和她那兩個兒子，別來偷吃阿嬤的菜。」

阿雲說：「阿碧，妳真孝順，什麼事都替我準備好了。妳認識字，到廣州要常寫信回來給阿母，方便的話和阿乾去照相館拍照片回來給阿母看。」

阿碧一邊回答說好，一邊幫婆婆舀一大碗蘿蔔排骨湯。

阿雲一邊流著淚，一邊吃媳婦為她特地做的，比過年還要豐盛的菜餚。

二

阿碧和秋子，一下廣州碼頭，秋子的丈夫金土已經等在碼頭。阿碧看不到許乾來接，緊張的問金土：「阿乾為什麼沒來接我？」

金土說：「阿乾在加班修幾部吉普車，所以叫我來接妳回去宿舍，你們家就在我家隔壁。阿乾真是對妳體貼，上個星期就託我去幫妳買新枕頭、新棉被還有新床單，你們家現在就像新房一樣。」

接著金土壓低聲音說：「不要讓日本司機疑心我們，從現在開始我們都講日本話。」秋子和阿碧點點頭。

阿碧從窗內望出去看廣州，有些街道巷弄被轟炸得很嚴重，有的整棟大樓布滿了密密麻麻的彈孔，像蜂窩似的，非常恐怖。房子也倒塌很多，但從市區密集的樓房看，可以想像它們在戰爭前的繁榮。

現在舉目看到的，都是穿得非常整潔配備齊全的皇軍，偶爾也看到一些中國人，幾乎盡是衣衫襤褸，瑟瑟縮縮的走在街上。

也有一些一眼看去就知道是台籍軍伕的眷屬，因為她們跟兒童穿得都很厚實保暖，模樣也沒那麼畏縮，阿碧對台灣人受到好的待遇感到安慰，但她不知怎的，竟也對那些衣衫破爛的中國人有說不出的同情。

車子開了大約半個多鐘頭抵達宿舍，金士有許乾家的鑰匙，他先帶阿碧回家。她看到自己的家是一樓一底外加一個院子的小洋房，高興極了，她雀躍的跟金士夫妻說：「我最喜歡種一些花花草草，有這個院子實在太好了。」金士拿出鑰匙打開小洋房，一樓是客廳、餐廳和廚房，二樓是主臥室、客房。

這時走出一位十八、九歲的廣東姑娘，長得非常溫順的模樣。她知道女主人來了，趕緊跟他們三個人打招呼。

金士對阿碧說：「阿乾跟我說他今天八點以前一定會趕回來，妳先去休息一下，現在已經七點了，我也要帶秋子回家。」

阿碧連忙說：「你們快回去吧，今天謝謝你來接我。」

金士回去後，阿碧到二樓主臥室打開衣櫃，裡面已經掛了好幾套衣服，有睡衣、睡袍、居家服，還有兩套秋天套裝外出服，和一件紅色的厚大衣；她看了眼角竟覺得濕濕的，因為她從來沒擁有過這麼多的東西。

小時候當養女一切都要看楊木仲的臉色，連養母烏肉的家用都要伸手跟他要，更不要說自己了。好不容易公學校畢業，去做榻榻米的女工，才有一點薪水收入。

她一分為三，一份給養母，一份拿回去草山送給生母，給還在唸書的大哥萬鈞買些紙筆，剩下那份錢要存一年才能買一件新衣服，連想吃點零食，都要領了加班費，才能稍稍解饞。

嫁到許家後，許乾雖然薪水都交給她，但是還要養活許坤一家四口，又要攢一些錢買黃金給婆婆，她更捨不得替自己買件衣服。現在一下子看到衣櫃裡都是從來沒穿過的新衣衫，她不禁喜極而泣。

這時廣東姑娘用很生硬的日語跟阿碧說：「我叫夏荷，太太，妳有什麼事就叫我做，已經替妳放好洗澡水，妳沐浴好，先生差不多要回來了。現在我趕快去做菜，等先生回來你們就可以吃飯。」

阿碧說：「夏荷，真是太謝謝妳，我先去沐浴。」

阿碧泡在溫熱的澡盆裡，這是從沒有過的舒坦。

她高興的嘆了一口氣，自言自語說：「古人說：使婢用僮，今天我阿碧真的是有婢可用，真不知道是怎麼修來的？」

阿碧洗好澡，換好新睡衣到餐廳，看見牆上的鐘已經八點，夏荷飯菜都做好了。有一小鍋廣東煲湯，一盤三拼的香腸、肝腸、臘腸，還有一盤看上去很好吃的叉燒肉，一盤剛剛燙好的蠔油芥藍菜。

這時門鈴響了，阿碧三步併作兩步穿過小院子去開門，門一打開果然是許乾回來。阿碧連忙替他提手上的公事包說：「你請的這個廣東姑娘真是不錯，人很勤快又有禮貌，飯菜做得色香味俱全。」

許乾跟阿碧坐下來吃飯，阿碧問：「今天的菜比過年還豐盛，這麼年輕的姑娘怎麼會灌香腸、肝腸、臘腸？」

許乾笑著答：「妳每一種都嚐嚐。」

阿碧說：「真好吃，這肝腸是怎麼做的？真不容易，看她小小年紀，手藝竟然這麼好。」

許乾笑著說：「香腸、臘腸、肝腸都是拜託夏荷的母親灌的。」

阿碧笑了：「怪不得這麼好吃。可是這麼多我們怎麼吃得完？」

許乾說：「妳儘量吃，吃剩的就讓夏荷打包帶回家。」

他變輕聲說話：「中國人實在很可憐，每一種物資都要用配給制，就算有錢也買不到東西，妳沒來以前只有我一個人吃飯，飯菜剩很多，就讓她帶回去，她們一家人都是盼著等她回去才有晚餐吃。」

阿碧說：「唉！這麼說來，中國人實在是很可憐，現在都八點多了還在等我們的剩飯菜。」

阿碧回頭叫在廚房清洗的夏荷出來：「我們都吃飽了，妳趕快把這剩菜飯帶回去吧。」

夏荷一看，每一盤菜，他們夫妻都吃不到一半，湯也剩下大半鍋，她由衷感激的說：「謝謝先生太太！」

阿碧問她：「妳家住哪？」

夏荷回答：「很近，騎腳踏車不用十分鐘就到。先生愛吃廣式叉燒包，我已經蒸熟了，明天妳用大火一熱就可以吃。」

阿碧說：「妳把菜打包好就快回去，明早我會蒸給先生吃，我也嚐嚐鮮，試試廣東叉燒包是什麼滋味。」

第二天一早，阿碧用大火蒸叉燒包，一下子就熱烘烘，許乾也漱洗好了，準備吃早餐。阿碧看到菜櫥裡有一大罐奶粉，她泡了一杯給許乾。

許乾說：「妳也用開水沖一杯，配叉燒包很好吃。」

兩人吃著叉燒包喝牛奶，阿碧才咬一口叉燒包，驚訝的說：「這叉燒包的皮是微微帶甜，而且這麼綿細，跟我們台灣的包子真的完全不一樣！」

許乾摸摸阿碧的臂膀說：「妳愛吃最好啦！每天早上我們都吃這個。」

阿碧喝了一口熱牛奶，讚嘆說：「這應該是日本的奶粉吧？又濃又香！」

許乾說：「沒錯，這是日本北海道產的特濃牛奶，是鈴川大佐送我的。」

阿碧說：「鈴川大佐待你真好。」

許乾說：「不錯。他說，他兒子不僅跟我同年而且同月生，日本陸軍大學畢業，現在被調派到滿州國，鈴川大佐說，那裡軍事相當吃緊，不僅要對付中國人，也要防範蘇聯人，大佐幾乎把我當義子看待。」

兩人一邊說話一邊吃，不覺時間過得真快。

許乾說：「唉呀！快八點了，要來不及上班，今天不只要修吉普車，從東京派來的高級技師，也要教我修飛機。」

門外接送許乾的司機在按門鈴。

許乾對阿碧說：「等一下夏荷會帶妳去菜市場買菜，妳愛吃什麼就買回來吃，不要太省，如果衣服不夠，叫夏荷帶妳去百貨公司買。」

阿碧說：「好啦！你快去上班吧！別遲到。」

九點不到夏荷就來上工，手上拎著一隻殺好的土雞。阿碧上前接過雞，說：「妳怎麼這麼客氣，帶了雞來。」

夏荷搶著說：「這雞是先生拿錢請我娘養的，我還要謝謝先生給我娘賺外快。」

阿碧看夏荷衣服手腕處都磨破了，而且穿得也很單薄，她趕緊從昨天帶來的旅行箱，拿出一件厚的短襖說：「夏荷，妳趕快穿上它吧！瞧妳的手冷得像冰塊。」

夏荷忙不迭聲道：「謝謝太太！謝謝太太。」

阿碧對她說：「我們現在就去菜市場。」

主僕兩人從宿舍出來拐了幾個巷弄，就看到一處大規模的菜市場，買菜的大部分是日本女人和台灣人的眷屬，也有一些是日本軍隊的伙夫在大量採購軍中食物。

中國人買食物要糧票，個個顯得畏畏縮縮。阿碧買了一些水果、青菜和肉類，還有一尾石斑魚，晚上要清蒸石斑魚給許乾吃。

一陣西北風吹過來，穿了厚大衣的阿碧不禁豎起衣領，她看到轉角處有人熱騰騰的在煎肉餡餅，上面還灑滿了芝麻粒，她跟夏荷說：「我們去買幾個來吃，實在太冷了！吃些熱的擋擋寒氣。」

餡餅師父包了四個給她；冷不防從後面竄出一個穿著破爛，衣不蔽體的羸瘦男人，他好像餓了好幾天，像是要跟阿碧乞討，但實在餓得說不出話，一出手就搶走那四個熱騰騰的肉餡餅，躲在擋住寒風的大柱子後狼吞虎嚥。

阿碧嚇了一大跳！她從來沒看過人餓成這個樣子，實在太可憐，她乾脆把剛才買的魚肉菜蔬全部給他，他無法空出手來接，只跟阿碧直點頭，阿碧就把菜擱在地上，等他吃完肉餡餅自己去拿。

沿途很多衣著襤褸的中國人，被酸風吹得直發抖，老老少少男男女女都有，跪在地上不停的對買了食物的人磕頭，只是要乞討一些吃的。

阿碧看了實在不忍，她跟夏荷說：「我帶出來買菜的錢剩下的大概還可以買八十個肉餡餅，我去買，妳就拿去分給他們吧。」那些人一人分到兩個餡餅，個個不斷磕頭，馬上吃得一絲不剩。

阿碧跟夏荷白跑了一趟菜市場，回到家，阿碧再拿錢給夏荷。她說：「我不敢再去菜市場了，今天吃紅燒獅子頭、清蒸石斑魚，再買些蔬菜跟煲湯的食材，還有妳拿來的那隻雞就夠多了，做蔥油雞，晚飯時拿一半送給秋子。」

夏荷說：「太太妳心真軟，到冬天我看妳更不敢出門了，那時到處都是飢寒交迫的餓殍凍屍！」

許乾下班回家，阿碧把早上去菜市場發生的事都告訴丈夫。

他說：「妳心這麼軟，以後讓夏荷去買菜就好了，不是我小氣，捨不得妳把菜送給別人，而是我知道妳心軟，看多了會難過。」

阿碧看著滿桌的菜餚說：「真的，從小到大，就數現在最幸福，有那麼好的衣服穿，這麼多的東西吃，還有ㄚ環可以使喚。也不用自己動手，真的太好命了！」突然她想起一件事，提醒許乾：「你匯錢回去的時候，記得要用阿母的名字收。」

許乾回答：「我知道。每個月我都會匯錢回去給阿母。」

阿碧點點頭。又說：「我這兩天剛來，吃得這麼豐盛，以後我們也要節省一點，我會把你的月俸多省一點，除了滙給阿母外，自己也可以存一些，以備不時之需。」

許乾說：「阿碧妳真賢慧，能娶到妳真是我的幸福。」

阿碧說：「這些都是女人家該做的。」

「哦！明天夏荷要陪我去玉市買玉，前些時，在台灣阿母看別人戴玉鐲、玉戒、玉耳環，我看她老人家顯得好羨慕的樣子，我去玉市買一些翡翠，回台灣再鑲起來給她老人家戴。」

許乾說：「妳看到喜歡的也給自己買一些，鑲起來戴給我看。」

阿碧笑著點點頭。

三

從昭和十四年（一九三九年）年底開始，許乾幾乎每天晚上都要加夜班，阿碧知道他喜歡吃台灣式的餛飩，依舊像新婚時一樣，煮兩碗餛飩湯，不過她自己這碗是五粒，許乾每次叫她多吃一點，阿碧就說：「我有吃晚飯，而你都是做粗活，才該多吃些。」

許乾小聲的說：「最近戰事很吃緊，本來皇軍計畫三個月就要攻下中國。沒想到已經三年多了，中國版圖太大，皇軍從本國已經調來好幾百萬大軍，就像陷在大泥淖裡，所以一切的資源都在減少，經濟也每下愈況。我聽鈴川大佐說，內閣及聯合艦隊司令長官山本五十六將有奇襲計畫，是要讓美軍料想不到的，所以我們一切都在待命中。」

阿碧聽丈夫講到這裡不禁憂心起來。

昭和十六年十二月八日（西經日期一九四一年十二月七日），果然山本五十六的手下聯合艦隊第一航空艦隊司令官南雲忠一率領航空母艦六艘，戰鬥機三百五十三架分兩次突襲美軍停靠在珍珠港的船隻。結果日本取得了空前大勝利，擊沉美軍戰鬥艦八艘、巡洋艦三艘、驅逐艦三艘、飛機一百八十八架，人員死傷二千多人。

許乾和阿碧聽到這個消息，並沒有像日本人那麼高興。畢竟死傷那麼多人，是很不幸的事。

許乾對阿碧說：「妳心裡要有準備，美軍一定會參戰，日本內閣會變更重要戰事策略……或許我隨時要跟著部隊移防。」

珍珠港事變發生同時，許乾就接到鈴川大佐的通知，他們全團要攻佔馬來西亞跟新加坡，不准攜帶眷屬移防，所有的台灣眷屬必須全數遣送回台灣。

離別的那天晚上，許乾和阿碧對著一桌的菜餚完全沒有胃口，這是兩人在一起吃的最後一頓晚餐。還是許乾先開口說話：「阿碧，大後天船艦就會送妳們回台灣，中南半島比中國支那容易拿下，而且我是機械師，不必到第一火線上作戰，妳不用為我擔心。」

阿碧皺著眉頭答：「你說的話沒錯，可是中南半島比中國還要遠，而且不准攜帶眷屬，這表明戰事或許要更激烈，你要小心保護自己。」

許乾說：「阿碧，我會保重。妳不要掛心，有空會常寫信給妳。」

阿碧緊拉著許乾的手久久沒有放開，說：「我跟你到廣東這三年，是我這輩子最幸福的三年，跟你吃魚吃肉吃廣東菜，有夏荷可以使喚，唉！希望戰爭趕快結束，我們還可以再一起過這樣的生活。」

許乾也緊握著阿碧的手說：「一定會的，會如妳所願，南洋應該很快就會投降。」

第二天一早，阿碧給夏荷幾件很新的冬衣，還有一塊玉石戒面。

夏荷感激的流下眼淚，她說：「謝謝太太，老天爺會保佑你們夫妻平平安安，過幸福快樂的日子，我在這裡受妳跟先生照顧這麼多年，實在太感恩你們夫妻。」

阿碧回到台灣，最高興的就是她的婆婆阿雲，她跟阿碧說：「阿乾雖然匯錢給我，但是我給春金買菜錢，她除了會藏私外，煮好菜飯還是阿坤跟小孩先吃，我只能用白飯拌剩菜的湯汁吃。」

阿碧一看婆婆果然瘦多了，她憐惜的說：「阿母，我回來阿乾會匯錢給我，我當家一定讓您有魚、有肉吃，臨睡前還要給您吃一碗餛飩湯，要把您養得胖胖的。」

又說：「我在廣東學會了幾道廣東菜，還會做廣式叉燒包，包子皮細綿綿又甜絲絲的，裡面包著叉燒肉，明天就去菜市場買菜做給您吃。我還給您買了幾塊翡翠，明天我們去銀樓，我打一副翡翠耳環和一個翡翠戒指給您戴。」

阿雲滿臉皺紋的臉笑著跟阿碧說：「妳回來真是太好了，我又有好日子過，我們明天去媽祖廟慈誠宮拜拜，請媽祖保佑阿乾平安。」

阿碧說：「好啊，我們一起去。」

昭和十七年（一九四二年）的三月中，阿碧收到許乾的家書，信封裡面附著一張匯票。他信中寫著：

「阿碧請妳放心，南洋的整個戰局，果然不出第二十五軍司令官山下奉文所料，他率領的兩個師三萬人，化整為零，採取創新戰術，用腳踏車閃擊戰。皇軍在今年一月三十一日以五十五天的時間攻下馬來半島，再以十五天時間也就是二月十五日攻下新加坡。

英國守軍波西爾將軍簽下無條件投降書。山下奉文把新加坡改名稱『昭南島』，就是光明之島的意思。

妳不用擔心我，這裡很安全，只是要修的吉普車、坦克車和飛機很多，常常工作到很晚，鈴川大佐乾脆叫我跟他住在一起，還跟我學台灣話，有專人侍候我們飲食起居，請妳不要掛心，也跟阿母說，一切都很好，不要憂慮。」

阿碧看完信後，跟婆婆說信裡的內容，婆媳倆稍微放下一樁心事。

日本自從轟炸珍珠港以後，雖然表面上是勝利了，但卻引起美國的全面激烈反擊，盟軍有好幾國也加入戰局，致使日本疲於應付。

從一九四三年底起，美軍開始轟炸日本的殖民地台灣，受創最大的就是台北總督府一帶和城內，離台北不遠的士林有時也會受到波及。

一聽到空襲警報聲，阿碧就慌忙牽著婆婆的手，逃到住家附近的防空壕去躲，有時一躲要藏好幾個鐘頭，一直要聽到警報解除聲，才敢回家，她現在真正體會到戰爭就發生在自己頭上了。

從一九四四年開始，許乾好幾個月才會來一封信，信裡匯票的錢也變少了。他在信中跟阿碧說：「自從昭和十九年（一九四四年）皇軍在西南太平洋的烏利亞納群島和菲律賓失敗後，又在七月失去塞班島，第一艦隊司令官南雲忠一於七月六日舉槍自殺。至此戰事形勢非常嚴峻，對日軍十分不利！我們的工作量加重很多，且因為物資匱乏，所以薪俸減少了，實在很對不起。

鈴川大佐跟我苦學了幾年的台灣話，現在台語講得比我還好。我知道從去年開始美軍就轟炸台灣本土，希望妳跟阿母躲空襲時要小心，請千萬為我保重，阿母就拜託妳照顧了。阿乾。」

阿碧看完許乾的來信，更是憂心忡忡，珍珠港事變前皇軍是一路倒的順利，現在不僅美軍轟炸台灣，美軍也開始轟炸日本本土了。

許乾的來信次數愈來愈少，寄來的匯票錢最後竟然縮水了三分之二。阿碧心中已經知道大事不妙，她回信告訴許乾，請他注意自己的安全，不必煩惱家中老小。

她寫信告訴他：「以前月俸多的時候，已經存了快十兩的金子，現在月俸不夠用，可以去變賣金子，補貼家用，如果皇軍早日勝利，結束戰爭，一切就沒事了。」

可是美軍的攻勢愈來愈凌厲，以前是一個星期轟炸一次台北，現在每天都要躲警報。

昭和二十年（一九四五年）三、四月間，美軍大轟炸東京，造成八萬多人被燒死，十萬人被燒成重傷。東京有四分之一被夷為平地。美軍火攻後不到三十個小時，又夜襲名古屋。僅東京一地就有上百萬人逃離市區，工廠工人的出勤力不到一半，使整個日本經濟陷入癱瘓。

阿碧看了報紙愈看愈怕，皇軍的形勢已經大大不利，有如兵敗如山倒。

昭和二十年（一九四五年）八月六日及九日，美軍分別在廣島跟長崎投下兩顆原子彈，兩地加起來死亡超過數十萬人。美軍揚言，日本如不立刻投降，將會在第三處投原子彈，很可能是天皇皇居所在地東京。

日本實在撐不住各國盟軍的攻擊，和本國人員這麼多的死傷，什麼神風特攻隊、神風敢死隊，簡直就是視死如歸的人肉炸彈。而且已經徵調到未成年的男性，這就像被剝皮的青蛙死前的最後一陣顫抖，日本已經彈盡援絕。

終於在一九四五年八月十五日中午十二點，裕仁天皇在廣播中玉音放送，日本接受波茨坦宣言，全面向中、美、英、蘇盟軍無條件投降。

阿碧聽了欣喜若狂，戰爭總算結束了，不會再有人戰死了，阿乾應該很快也會被遣送回來。

她在隔天殺了一隻雞、煎了一條魚、滷了一鍋豬腳，祭拜祖宗神明，保佑許乾平安歸來，也叫了許坤一家四口一起吃頓豐盛的拜拜。

過了幾天阿碧去菜市場買菜，看到熟識的幾位日本太太，以前是貴婦，現在個個像喪家之犬，羞赧又瑟瑟縮縮的把家裡的碗盤、餐巾、衣服甚至棉被、枕頭等家當擺在路上叫賣，阿碧有點同情她們，跟她們買了一些並不是非常需要的用品。

有一位跟阿碧一向很要好的菊子桑，坐在路口，被風吹散了髮髻，一頭毛鬚鬚的頭髮，半遮住臉龐，滿臉愁雲慘霧落魄的樣子，也擺了全部的家當，當街叫賣。

菊子桑以前常送一些日本料理跟甜點給阿碧，這對她來說，是無上的美味，每次她都很快樂的跟婆婆和丈夫分享，她記著這個恩，非常感念菊子桑。

阿碧看她現在淪落成這個樣子，頭髮既沒梳也沒洗，鬢角毛絨絨，亂成一團，衣服也襤褸不堪，幾乎像個叫化子，她實在於心不忍。趕緊回家拿了一個將近一兩的純金戒指，和一片以前在廣州買的上品翡翠戒面送給她。菊子桑當場掉下眼淚。

阿碧說：「現在日本戰敗了，你兒子被徵調到那麼凶險的馬來西亞戰場，妳美麗的媳婦還挺著一個大肚子，妳的丈夫是乙級戰犯已經被關起來，馬上要送回東京接受盟軍的審判。妳把金戒指跟翡翠戒面帶回日本，萬一生活過不下去的時候，可以變賣。」

她們兩人互相留了通訊地址，菊子桑說：「阿碧，我會永遠記住妳的恩情。希望妳丈夫能安全回來，請你們夫妻到日本敘舊。」又說：「我現在實在無法回報妳，只有送妳這個印有菊花的瓷盤作紀念，本來它們是一對，我留下了另外那個捨不得拿出來叫賣，其實這對瓷盤是乃木希典大將軍送給我跟先生的結婚禮物，在我們結婚不久後，乃木希典大將就殉明治天皇切腹往生。」

阿碧是受過日本教育的，她聽了嚇了一大跳，立刻說：「唉呀！乃木希典大將是跟東鄉平八郎平起平坐的大將軍，被奉為『軍神』，他也是台灣第三任總督。我知道妳的丈夫是他的得意門生，我對此人無權論斷，但他說的名言可以教化後代。乃木說：任何人絕對不能踩到父母或師長身後長長的影子，至少要離他們的影子三步之遠，這表示對父母與師長無上的恭敬心。」

菊子桑這時也點點頭說：「是啊！他是這樣教誨我們的。」

到了八月底，許乾依舊音訊全無。這天秋子到阿碧家也是愁眉不展，她說：「八月十五日玉音放送裕仁天皇接受波茨坦宣言，向盟軍無條件投降，戰爭已經結束了，怎麼金土跟阿乾音信全無，真是急死人了！」

阿碧也沒有話可以安慰她；兩人真是流淚眼對流淚眼，斷腸人對斷腸人。

四

當陽曆八月十五日，中午十二點裕仁天皇玉音放送，要日軍全面無條件向盟軍投降時，鈴川大佐和許乾抱頭痛哭，許乾雖然哭皇軍的失敗，但心裡卻是高興的，戰爭結束了，他可以早日回去看妻子阿碧和母親以及弟弟和親朋好友，就要回歸故里了，應該不會再等太久。

正在這時，參謀長跑進來報告：「大佐，現在英國盟軍尚未派將領來接收新加坡，整個城市變成無政府狀態！我們日軍眷屬在牛車水開的一整條商店街，不是被群眾搶劫，就是被暴民放火燒光，也有很多我們的軍營被縱火焚燒。」

鈴川大佐陰陰沉沉的說：「現在每個人只能自求多福！你去通令軍隊大門營

房加重警衛看守，不准任何人員隨便出入！」

到了九月，新加坡人對日本人的報復更是變本加厲，在無政府狀態下，他們燒殺日本人，就如當初日軍征服新加坡時虐殺新加坡人一樣。一處處的日軍軍營都成了焚化場；真是一報還一報啊！但冤冤相報何時了?!

九月十一日晚間，鈴川大佐用福建話叫許乾去附近百貨公司，買當地閩南人穿的南洋式襯衫及長褲。

許乾只有軍裝穿，他遮遮掩掩一路跌跌撞撞，避開火焚殺掠，躲開吶喊震天的暴民，去買鈴川大佐交代南洋人穿著的衣服。

他想買兩套，沒想到百貨公司櫃架空無所有，他跑了幾家店，只買到一件花襯衫跟一條白長褲。

這時街上「打死日本人」、「燒死日本人」、「打死漢奸」的聲浪愈罵愈高，暴民如蟻似蜂愈聚愈多。

許乾想還是回到自己的營區安全一點，而且衣服也算買好了。他避開群聚的暴民，一路掩掩躲躲踉踉蹌蹌奔逃回到營區，這時已經晚上九點多了，他又飢又渴又冷。

營區後方集結眾多如竄出蜂窩似的暴民在縱火，叫罵聲震天，鈴川大佐看他拿了衣褲回來，馬上脫下日本軍服，換上南洋裝，他根本不顧許乾，只用閩南話對許乾說：「快逃吧！再不逃就沒命了！」

許乾看鈴川大佐換裝從前門逃出去，只留下還穿著日本軍服的自己，他沒有南洋式的衣服，不能改裝成本地人，只好迅速脫下軍服，身上只穿一件白色短袖的內衣。

沒想到成千上萬似蟻群聚的暴民，已經發現他和數十名日軍和台籍軍伕。

暴民沿路追趕咆哮聲震天，許乾一夥人只有快速往前逃命，逃了一個多鐘頭，早已遠離營區和街道，他們被暴民追得有氣無力，個個拖著疲憊不堪的身軀迸出吃奶的力氣向前奔逃，他的內衣早已被暴民拉扯成縷縷碎片，彷彿面前一片烏天暗地，根本看不清楚身在何處。

突然間許乾踩到軟軟的沙灘，暴民如蜂似蟻呼嘯群聚，個個拿著亮得刺眼的火把，照在他們失去理性的臉上，在火把下，這些暴民，每張都是猙獰如鬼魅的面目，愈靠愈近，他只能愈退愈後。

這時海水漲起來了，他幾乎是光著身子泡在海水裡，當海水淹到胸口時，他腦海裡浮出鈴川大佐的面孔，一個平日當成父親的人，相處十幾年，竟然這麼無情無義拋棄自己而去。

他背對著海，步步後退，個個面目猙獰的暴民，步步向前。暴民們依舊不饒他，張牙舞爪呼嚎咆哮要上前捉拿他。

海水快淹到他脖子時，他冷得牙齒抖動不停的開開闔闔，眼淚從發紅的眼洞中流瀉，身子像打擺子不斷的抽搐顫抖。在這時，他只想到遠在台灣的阿碧和母親，而自己就要死在這個南方異國的海中。

他在海裡痛哭失聲，瘖啞大力的嚎叫！頭像鳥啄點個不停，毫無尊嚴的向暴民乞饒！希望暴民能饒過他，但暴民視若無睹，因為當日軍攻下新加坡時，也無情的虐殺他們，現在新加坡人要向日軍報復，管他是日本人還是台灣籍軍伕。

沒多久工夫，海水淹沒了許乾的頭顱。這群被暴民追趕捉拿，吃了敗仗的軍人，全數淹沒在冰冷無聲的海水裡！連最後的一聲嘆息都來不及，只聽到一片咕嚕咕嚕的聲音，那是人類被淹沒在水裡的聲音！

五

阿碧和秋子在農曆八月初六，去士林媽祖廟慈誠宮上香，祈求國泰民安，丈夫平安早日歸來。晚上她依舊侍候婆婆就寢後，再回自己房間睡覺。

朦朧中她看到阿乾和自己在廣東吃叉燒包，但一下子場景全換了。阿乾在海邊，全身上下都濕淋淋的，衣服被撕得破破爛爛，橫七豎八披掛在身上；他不斷的發抖，不停的喊冷，不停的嚎叫，當海水淹到他脖子時，他嘶叫痛哭失聲，擠出最後的一絲力氣，吼叫著：「阿碧！阿碧！阿——碧——救——我啊！快來救我——啊！」

阿碧出了一身冷汗，從夢中驚醒，坐直了起來。她看時鐘是午夜二點，她再也睡不著了，又到前廳燒了三柱香，祝禱神明保佑許乾平安，但她知道這絕非是好夢。

第三天，她看到報紙上用黑色的大字寫著：

「昨天九月十二日，東南亞聯軍總司令路易斯・蒙巴頓將軍，在新加坡市政府大廈，代表盟軍接受日方坂垣征四郎的投降。由英軍暫時管理新加坡，結束將近一個月的無政府暴亂狀態。」阿碧看完報紙，秋子也跑來向她報訊，阿碧心裡更加忐忑不安。

到了十一月底，秋子收到金土從東京的來信說：「最遲在明年初夏，他們這些沒戰死的台籍軍伕就會被遣返台灣，許乾是失蹤人口之一，至今仍然下落不明，並沒有被遣送到東京。」

阿碧聽秋子講完，當場痛哭流涕，婆婆阿雲也聽到了，立刻暈死在地。

民國三十五年五月，金土果然回到台灣了。

他告訴阿碧：「在盟軍還沒來接收新加坡的那一個月，無政府時期的暴亂驚惶和恐怖，實非言語所能傳述。我必須跟妳講實話，許乾應該已經凶多吉少，而且可能死在新加坡海邊。」

阿碧聽了不禁潸然淚下，許乾果然是應了那個在海邊濕淋淋聲聲哀嚎喊冷的夢。

到了民國三十六年底，阿碧幾乎將所存的金子全貼了家用。許坤依舊好吃懶做，不去找工作，他把本來共住的祖厝一半分租別人。

另外許乾生前買的一棟靠近大馬路的長條型房子，許坤把它分成四進，最前面當自己的店面，第二、三進租給別人，他把自己的親嫂子趕到沒有一扇窗子，暗無天日只能容納二個小床鋪的最後一進。

婆婆阿雲年紀大了，也護衛不了阿碧，婆媳只有相視流淚而已。

民國三十七年初，阿碧可以當的幾乎都拿去典當，再不想辦法就要變成乞丐了。她想到了唯一會幫她說話，品性公正的鎮長伯。

她去找他說：「鎮長伯，阿乾在新加坡行方不明，何況我又做了一個惡夢，金土也說阿乾一定凶多吉少，我相信他是死在新加坡的海邊了！現在我變成一無所有的寡婦，只能認命；日本連一封信、一把骨灰都沒寄給我，求求您幫幫我吧！」

鎮長伯想了一下說：「啊！有辦法了！妳是寡婦，政府有條例是特殊身分，我去幫妳申請一張香煙公賣證，妳可以在大馬路口擺香煙攤，至少不會餓死。」

「真是太謝謝您了，鎮長伯，您的大恩大德我永世不會忘記！」阿碧感激涕零的說。

過不久她在大馬路口擺起了香煙攤，生意不好時，也縫鈕扣邊、縫毛衣、縫裙邊，還在家裡孵小雞。雖然每天吹風曬日，但至少還可以糊口，不至淪落向人乞討。但她總覺得沒有一兒半女，是一大憾事，到了晚年有誰可以依靠？誰來替自己養老？甚至誰來給自己送終？每次想到這裡總是心驚落淚，無語問蒼天。

六

蘅芷流著淚，訴說她母親的前半生。她從茶几上的衛生紙盒裡，抽出幾張衛生紙，一疊給譚紹竹，一疊給自己擦眼淚。

譚紹竹說：「許乾死得真冤枉，打了那麼久的戰，不是死在戰場上，而是死在日本投降後無政府狀態時的暴民手裡，說不定那些暴民跟他一樣是講著相同的福建話。就差那麼幾天，英國蒙巴頓將軍就來接管新加坡了，真是天地不仁，以蒼生為芻狗。」

蘅芷說：「去年底（一九九七年）您經歷了那麼大的事——紹筠叔的往生，

現在又聽我說母親的前半生，這些傷心的話兒讓您聽太多了。」

譚紹竹問：「妳怎麼突然又想起妳母親跟許乾的往事？」

蘅芷答：「前兩天我替媽媽撿骨，看到道士在黃裱紙上寫著：『許乾歿於乙酉年酉月。』那就是抗日勝利後的九月間，唉！真是人天長恨。現在我把媽媽的骨灰跟父親許乾合塚在靈骨塔裡，他們夫妻總算半個世紀後在天上團圓了。

一直以來，我都把許乾當自己的父親看待。在我高三那年，您不是去鎮公所把他的名字填在我的生父欄裡，免得我老是剪一塊白紙遮住父不詳那欄。到現在我都四十二歲了，我想去找生我的那個人，要為我母親抱她這一生的不平，想替她討回一個公道，也是替我自己出一口怨氣。」

譚紹竹問：「妳知道拋棄妳們的陳宗成住在哪裡？怎麼去找他？」

蘅芷答：「說來也是奇怪，就在媽媽往生前的一個月，她告訴我，陳宗成在台南開奇山幼稚園，聽說規模還不小。」

譚紹竹說：「可見妳母親對妳被遺棄這一件事情還是耿耿於懷，一定有去打聽陳宗成的下落。」

蘅芷傷心的答：「媽媽一定是去李招治娘家開的油坊打聽的，要不然小時候媽媽告訴我陳宗成帶著李招治私奔，最後是在埔里落腳。」

譚紹竹問：「我記得妳讀小學時住的是大西路三十五號——」

蘅芷答：「陳宗成拐跑的那個女學生，就是李招治，而她娘家開的油坊就在大西路五十三號，相隔我家不到十間房子。」

譚紹竹問蘅芷：「就算妳找到他，要是他不認帳怎麼辦？士林這麼小的地方，他如果真有心，這幾十年間怎麼會找不到人?!何況妳出生後，他還跟妳們母女住了一年多，就怕他根本不想認妳啊！」

蘅芷說：「我也是怕受到第二次傷害，才遲遲不敢去找他。乾爹，您知道我小時候被罵小雜種時的難過嗎？我每天只能躲在棉被裡蒙著頭偷偷的哭！我的痛苦不能讓已經很苦命的母親知道。」

譚紹竹嘆了口氣說：「妳小時候承受的委屈我都知道，既然是這樣，乾爹陪妳到台南走一趟。」

兩人一到台南，蘅芷猶豫起來，她說：「乾爹，我真的很怕再受一次慘痛的傷害。」

譚紹竹說：「我們既然都來了，就弄個明白吧。要不然我們去台南飯店訂個房間，妳不要出面，在飯店等著，我先去一趟奇山幼稚園。不過他是一個什麼樣的人，妳自己心裡有數，不要有太多期望。」

蘅芷說：「乾爹，我知道。」

譚紹竹很容易就找到奇山幼稚園，從外面看去，規模還真的不算小。這個時候，已近黃昏，小朋友們開始要降旗了，他走到辦公室跟老師說，要找陳宗成先生，老師立刻去請陳宗成出來。

陳宗成很訝異眼前這個不認識的男人來找他有什麼事。

陳宗成問：「我想我們不認識吧？有何指教？」

譚紹竹怕蘅芷再受傷害，小心翼翼的問：「陳先生曾經住過士林嗎？」

這時陳宗成的臉色有了詭異的變化，但是他卻回答：「我沒有住過士林，我來台灣是從基隆上岸的。」

譚紹竹「哦」了一聲，然後再問：「士林有個擺香煙攤的婦人，叫阿碧，你認得嗎？」

陳宗成的臉色變得更怪異了，但他矢口否認說：「我不認識阿碧。」

譚紹竹想，完了！只剩下最後一招了，他知道蘅芷這個名字是陳宗成取的。再問：「阿碧生了一個叫蘅芷的女兒，聽說這名字是你取的；不過我先要告訴你，蘅芷現在非常有錢，她曾嫁給台北數一數二的富商，雖然現在是離婚了，但是夫家給她很多贍養費，再加上這幾年的投資所賺的，她的身家非常可觀。」譚紹竹講這些，是要把話先說清楚，蘅芷可不是來要賠償費的。

這時陳宗成支支吾吾、神色曖昧的告訴譚紹竹：「我太太正在主持降旗典禮，我們到隔壁那一旁去講話。」

到現在為止，陳宗成並沒有說他認識阿碧或蘅芷。他帶譚紹竹到隔壁隱密的一個角落。

譚紹竹說：「蘅芷現在在台南飯店等著，如果你真的不認識她，我們可要回台北了。」

他看陳宗成沉默不語，使出殺手鐧，但又給陳宗成再留一步路。

他再說：「陳先生你如果想見蘅芷，我可以立刻帶你到台南飯店。」

陳宗成考量了很久後，才說：「好！我跟你去飯店看她。」

蘅芷等在飯店裡，腦子似乎一片空白，她不想再等下去了，只希望乾爹趕快回來，這個認親的答案只有 yes 跟 no，不必在這裡心驚膽戰的耗著。

她人生經過這麼多大風大浪，當然 no 的答案會令她難過，而且會全盤否定人性，但不至於被擊倒。

她正在坐立不安時，門鈴響了，衝向前去開門，看到除了乾爹，後面還跟了一個人。

　　這人六十幾歲近七十年紀，中等壯碩身材，非常嚴厲的面貌，背著手，大搖大擺的走進來，他目中無人大聲說道：「我——就是陳——宗成。我有四個兒女，個個優秀，我女兒是台南小姐，所有台南市的一切活動，都是她當主持人；是文化大學戲劇系畢業，現在在美國舊金山留學，而且已經結婚了。我大兒子也在美國，是電腦工程師——」

　　他還想再炫耀下去，蘅芷已經聽得不耐煩了，而且憤怒極了！她衝口就說：「我這個沒人要、被遺棄的私生子，都不必靠父親養活，我也讀了大學畢業，又拿了一個碩士，你的兒女要拿什麼跟我比?!」

　　陳宗成炫耀不成，也不知蘅芷言辭如此犀利，他為之氣結不語。此時空氣靜默得掉下一根頭髮都聽得見。

　　陳宗成突然轉變話題，變得氣憤起來：「那個阿碧我叫她拿掉小孩，她硬是用揹巾層層捆住肚子，不肯去墮胎，她憑什麼生下妳，她跟我不相配，她大我十一歲，我跟一個大我十一歲的寡婦生孩子，泰北中學的書我是教不下去了！妳告訴我！告訴我啊！阿碧為什麼要生下妳？為什麼要生下妳？來丟人現世！」

蘅芷不假思索翻臉，立刻回答：「我告訴你，陳宗成！你泰北中學教不下去是因為你拐跑李招治！我再告訴你，我母親為什麼要生下我？她生下我是因為我——要養她的老！——送她的終！」

「夠了！陳宗成！你讓我從小就背著私生子的黑鍋，你知道那是什麼滋味嗎？你對我唯一的恩德就是給我取了蘅芷這個——好名字！乾爹！我們回台北去！」蘅芷大聲叫道。

陳宗成愣在原地，蘅芷有報了數十年來的隱恨及一箭之仇的快感。

蘅芷從台南回來後，忙著自己的各項投資事業，和社會慈善工作。兩個星期後，有一天下午她接到一通電話，聽起來像是長途電話，她拿起電話對著話筒喂了好多聲，對方都沒有回應，她正想掛斷電話時，沒想到電話那頭有聲音了，那是一個女子的聲音，支吾了幾聲之後，對方說道：「我——應該稱呼妳姐姐的——」

蘅芷馬上知道是台南那邊有回應了，對方很客氣的說：「我叫陳詩青，是該叫妳一聲姐姐，自從妳去台南之後，我的父親變得非常非常的痛苦，他跌入一個無邊無際，無法饒恕自己的深淵。

他幾乎每天打越洋電話給我，絮絮叨叨的訴說他的難過。在四個小孩裡，他最疼我，妳的事情，其實我在陽明山唸文化大學的時候，寄宿在母舅家，隱約就從開油坊的舅舅口中知道一些，我大哥也是唸文化大學，他也同樣聽舅舅講過。但這都是大人的事，我們也不知真假。直到妳到台南來，我們才知道舅舅沒有騙我們，原來這人世間真的有妳的存在。」

陳詩青接著說：「在這件事情上我母親是無辜的，她自從跟我父親私奔後，就無家可歸，她小我父親整整十歲，什麼都聽我父親的，他們就像是一對亡命天涯的鴛鴦！後來我父親總算在埔里找到一份教職，隨後父親發現開幼稚園可以賺很多錢，就開始創辦幼稚園。

這幾十年來，我母親一直都很辛勞的當幼稚園的園長。我想妳的雅量是不會為難她的，至於我的父親幾十年前在處理妳這件事情上，我只能說他是一隻駝鳥，他以為把頭埋在沙子裡，什麼就看不見了！我公道總評一句，他這一生，他自己以為他逃過了，但是最後他終究沒逃過！」

這通電話蘅芷和陳詩青幾乎講了兩個鐘頭，當然蘅芷也訴說自己小時候被嘲笑私生子的委屈。

甚至嫁到薛家後，大舅張萬鈞故意去講她的身世，引起公公的輕蔑和小叔薛釗生的譏辱。

「閹雞也要趁鳳飛」就是薛釗生知道蘅芷的身世之後辱笑她的，張萬鈞因記恨母親不替他做保人，剛巧他是前公公在開南商工教書時的同事，所以故意去薛家講她的身世，薛釗生這麼辱譏她的原因，因為蘅芷是長媳，萬一蘅芷生了兒子，那可就是長孫，在台灣人老一輩的家庭，長孫是可以多分一份家產。

所以薛釗生夫婦辱笑蘅芷，當然有財產分配上利益的嫉妒，還有就是看蘅芷沒娘家很好欺負。張萬鈞固然不顧甥舅之情，但論究起來，罪魁禍首當然是陳宗成。

陳詩青聽了這些之後，表示深切的同情，但更希望她能原諒陳宗成，並到台南去探望陳宗成，因為她父親最後內心深處的那一點點良心被激發出來以後，現在活得非常痛苦，也很自責和內疚。

七

剛掛了陳詩青的電話，譚紹竹就來按門鈴，蘅芷都還來不及講陳詩青的來電內容。

譚紹竹眉開眼笑的對蘅芷說：「唉呀！真靈驗，就像我那些信佛的朋友說的，現在的因果報應不必等到來世，馬上就是現世報！」

蘅芷說：「乾爹，您是怎麼了？樂成這樣？什麼因果報應是坐噴射機的現世報，不必等到來世？」

譚紹竹對蘅芷說：「妳還記得我的鄰居春蘭吧？」

蘅芷答：「當然記得，以前我還在薛家的時候，她常來大別墅玩。」

譚紹竹說：「春蘭告訴我，這兩、三年每天大約三點左右，薛釗生都會到春蘭的妹妹秋蘭家的隔壁，一直到六點才離開。這當然是男人在外面偷野食，再準時回家吃晚飯，不要被老婆察覺，或者是給老婆留一個面子。秋蘭家的鄰居叫章阿雪，聽秋蘭說，章阿雪最早是當舞女，最後淪落到當摸摸茶女郎。」

蘅芷聽到這裡有點不耐煩的說：「乾爹，這些關我們什麼事啊？」

譚紹竹又笑了：「蘅芷，妳耐心聽，那個章阿雪，就是被妳小叔薛釗生包養了十幾年的情婦！」

蘅芷吃驚的「啊！」了一聲。

譚紹竹說：「別急，好戲還在後頭呢！」

蘅芷說：「您就快說罷。」

譚紹竹說：「妳那個小叔跟章阿雪生了一個私生女，叫仲黛。」

蘅芷說：「薛釗生跟王莉莉是有個獨生女兒名字叫仲麗。」

譚紹竹急著說：「仲黛以前是私生女從母姓，妳那個糊塗前夫慶生認養了仲黛，現在也姓薛。他們更糟糕的是還做了一件犯法的事。」

蘅芷問：「什麼犯法的事？」

譚紹竹回答：「他們借了秋蘭十一歲的女兒，由薛慶生當新郎，章阿雪當新娘，秋蘭的女兒仙星就偽裝薛仲黛，他們在法院拍照，假裝公證結婚，辦理認養手續。」

蘅芷問：「為什麼薛仲黛自己不去拍照？」

譚紹竹答：「她現在正在溫哥華讀書，不能回台北拍照；章阿雪整天跟鄰居炫耀，她要移民加拿大，她有女兒在溫哥華唸書。」

蘅芷說：「薛慶生怎麼會這麼糊塗，這種事是犯法的，這是要被告偽造文書罪的。」

譚紹竹說：「最可笑又最可憐的女人就是王莉莉了，她整天跟薛釗生在人前裝恩愛，其實她早已知道薛釗生外面有女人，而且也知道有薛仲黛的存在。」

蘅芷問：「這怎麼說呢？」

譚紹竹答：「有一次秋蘭、章阿雪帶著仲黛去逛百貨公司，恰巧遇到薛釗生和王莉莉也帶著薛仲麗一起逛百貨公司，本來是可以沒事，沒想到仲黛一溜煙衝出去，抱著薛釗生的腿直叫：爸爸！爸爸！」

蘅芷笑到不行：「真是阿彌陀佛！薛釗生當場真不知道會怎麼做?!不過王莉莉個性那麼強悍，她怎麼不會吵著離婚？」

譚紹竹答：「妳想想王莉莉無才無貌，個性又那麼凶惡，誰會要她，何況她又不像妳這麼有志氣，她捨得離開薛家嗎？」

蘅芷說：「乾爹，您說得有道理，這真是現世報。」

八

過了幾天蘅芷接到陳宗成打來的電話，他說：「——蘅——芷，我可以來台北看妳嗎？」

蘅芷考慮了幾分鐘，然後簡單回答：「嗯！」

第二天陳宗成就上台北，來到蘅芷的家。陳宗成問了她這幾十年間的事，蘅芷一五一十詳詳細細的告訴他：從小就知道自己的身世，被同學笑是小事，但發下身分證時父親欄上寫著父不詳的羞恥，還有要報考大學只能剪一張白紙遮住父不詳的屈辱。嫁到薛家後，記恨母親不替他做保人的舅舅張萬鈞，是公公在開南商工的同事，便把自己是被人拋棄的私生子之事告訴薛家上下，使她在公婆面前沒地位，又被小叔薛釗生和弟媳王莉莉及她母親胡俐人羞辱。……

陳宗成本來像是在聽別人的故事，蘅芷說到激動處，泣不成聲，他突然良心發現大叫了一聲：「我對不起妳！」

他搥胸、頓足、痛哭，淚水流滿了他的臉，跪在地上直向蘅芷磕頭，說對不起。蘅芷嚇了一跳，一個六、七十歲的老人跪在地上向自己磕頭如搗蒜，實在於心不忍。

蘅芷想叫他爸爸，但「爸爸」這兩個字實在太拗口又太陌生，她一時叫不出口，只好趕緊攙扶他起來，陳宗成還是一直掉眼淚。

蘅芷這時存著悲憫的心，很生硬的叫了一聲：「爸爸，不要再哭了，我原諒你的不是，過幾天我事情忙完，再去台南看你們。」

陳宗成說：「妳剛才是不是叫我爸爸？」

蘅芷說：「是啊！」

陳宗成感動的說：「幾十年來，我沒給妳一絲一毫，妳竟然叫我爸爸，這讓我多羞愧啊！」

蘅芷說：「我從小就羨慕每個小朋友都有爸爸；從上小學開始，就站在大南路口，遠遠看著公車站牌，幻想有一天，有個男人會從公車下來牽我的小手，問：『妳叫蘅芷嗎？我是妳的爸爸！』我連做夢都會夢到。」

陳宗成聽她這麼一講又難過起來，眼淚滴個不停。

蘅芷說：「爸爸（第二次叫順口多了）你別再難過，我過兩天真的會再去台南看你。」

陳宗成雖然高興蘅芷會到台南看他，但臉上卻有難色：「蘅芷，我有一件事要跟妳商量。」

蘅芷問：「什麼事？」

陳宗成說：「妳可不可以不要稱呼我太太阿姨，叫她媽媽好嗎？」

蘅芷心裡想：這個李招治果然不是省油的燈！

蘅芷問：「你要我叫你太太媽媽，這是為什麼呢？」

陳宗成答：「因為我太太很愛面子。」

蘅芷說：「這麼重要的事，我可要在我母親靈前問一問，你先在客廳等，我去佛堂問我母親，看她肯不肯讓我叫你太太媽媽！」

蘅芷到佛堂拿起筊杯對母親說：「媽，我想這一陣子發生的事情您在天上都知道了，現在有一件事，一定要得到您的同意，我才敢做；李招治要我叫她媽媽，您同意嗎？如果同意，就給女兒一個聖杯。」

蘅芷拿起筊杯當空轉了三圈，然後擲在地上，這時她很緊張，如果媽媽不同意，事情就不好辦了，其實她是從小就很盼望有個父親疼的。擲在地上的筊杯恰好是一正一反的聖杯。

蘅芷心裡想：媽媽這麼善良的人，她不在人間了，一切也不計較，她一直都希望我有個父親疼。

她從佛堂出來跟陳宗成說：「我母親同意我叫你的太太媽媽。」

陳宗成很驚訝蘅芷這麼聽阿碧的話。

週末，蘅芷到台南奇山幼稚園，陳詩青已經從美國回來了。他們家有四個小孩，除了陳詩青，還有老大陳文元也從美國回來，他是要回來訂婚的。另外老三叫陳超凡，老四叫陳宗懋，聽說他小時候因為發燒，燒過了頭，變成智障，國中都沒辦法畢業，就在幼稚園裡幫忙。

蘅芷發現除了陳文元話中會帶刺外，其他三個小孩都對她很友善，包括陳超凡的太太吳秋容，李招治也是表面非常客氣。

陳宗成問蘅芷說：「妳可以留在這裡住幾天嗎？」

蘅芷想了一下，最近都沒有拍賣會，也沒有接到賑災任務的通知，應該可以在台南多住幾天。

她說：「沒問題，我可以多住幾天。」

陳宗成跟李招治說：「我們明天就帶蘅芷去屏東陳建家敘舊。」

他跟蘅芷說：「陳建是在我最窮的時候交的朋友，只有他不嫌我窮，一定要帶妳去給他們夫妻看。」

第二天陳宗成、李招治、蘅芷三人一行到屏東陳建家。

陳建果然非常好客，陳太太煮了一桌豐盛的料理招待他們。

話一聊開，陳宗成對陳建說：「我跟招治那時真是窮得養不起這個大女兒，只好把她送給士林那個賣香煙的寡婦阿碧，我們想阿碧沒有生一男半女，一定會很疼蘅芷，所以很放心的把孩子交給她。阿碧過世前才告訴蘅芷，她不是自己親生的，蘅芷還有親生父母在台南；所以蘅芷就來找我們，真是讓我們太喜出望外了。」

陳建說：「我們那個時候真是窮啊！要養一個小孩真不容易，蘅芷妳可不要怪爸爸媽媽，讓妳去做人家的養女喔。」

蘅芷點點頭說：「我不會怪他們。」

但是她心裡很不是滋味，這個陳宗成跟李招治，也真是太愛面子了；謊話編得跟真的一樣。

吃過飯後，陳建夫妻、陳宗成和李招治又聊了一下以前的陳年往事。蘅芷就跟陳宗成夫妻回台南。

他們夫婦準備了一間客房給蘅芷，蘅芷正要休息的時候，陳宗成來敲門了，蘅芷開門，看陳宗成手上拿了一個信封，他坐下來，對蘅芷說：「我這個做父親的真是慚愧，也沒有養育妳，也沒有給妳一棟房子，就叫妳認祖歸宗，我自己都不好意思。」

蘅芷回答說：「我既然原諒你了，你也不必一直自責，房子我已經有好多棟，你不必給我。」

陳宗成說：「那麼過兩天，我們去辦領養手續。」

蘅芷說：「好啊。」

這時，陳宗成有點吞吞吐吐的說：「妳知道女人都是比較會計較，心眼又很小，妳要被我認養，妳阿姨希望妳能寫一份財產繼承拋棄書，這……妳可以接受嗎？」

蘅芷根本不是要任何物質上的東西才來認親的，她趕緊說：「爸爸，我自己都有好幾棟房子，我不缺任何物質上的東西，我該在拋棄書上哪裡簽字，快告訴我吧。」

蘅芷想：原來李招治是這麼防範我，怕我以養女的身分來分一份財產，大概所有的人都知道我會寫這張拋棄書，怪不得對我這麼友善。

蘅芷簽好了拋棄一切財產證明書之後，陳宗成叫她趕快睡覺，明天還要去曾文水庫玩。

隔天一早，蘅芷漱洗化完妝，陳宗成叫她快吃早餐，吃完就去曾文水庫。

蘅芷問：「只有我們兩個去嗎？」

陳宗成答：「陳詩青要去台北看她的丈夫，陳文元要帶未婚妻去墾丁玩，最近這幾天他們就要訂婚了。」

蘅芷說：「既然他們都不去，我們就出發吧。」

一上車，陳宗成就對蘅芷說：「我告訴妳一個祕密，妳千萬不要跟任何人說。」

蘅芷回答：「爸爸有什麼祕密，不能讓任何人知道，我不會說的。」

車窗外倒退的風景彷彿喚起了陳宗成的回憶，他說：「在三十幾年前，我已經搬到台南一陣子，也開了幼稚園，那時環境已經慢慢好轉，我每天清晨總要去晨跑，在中正路上都會遇見一個掃馬路、年約四十來歲的中年女人，久了也會聊天。

有一天這個掃馬路的女人，很著急又很不好意思的開口向我借錢，她說：『陳先生，真不好意思，我想向你借一點錢，我女兒生病好幾天了，我所有的錢都帶她去看醫生用完了，你如果不相信我，現在就帶你到我家。』

我回答她說：『不是不相信妳，我到妳家看看，要怎麼幫助妳。』

我跟這個掃馬路的女人大約走了半個多鐘頭，到了一處破破爛爛臭味沖天的貧民窟。她帶我走到一個小房間，她說這間房是租來的；床上果然躺著一個約一歲多一點的女嬰，我一摸，小女嬰全身滾燙。

『唉呀！妳要快帶她去看醫生，要不然會燒壞腦子。』

掃馬路的女人回答：『陳先生，我身上早就一毛錢也沒有了。』

『啊！我早上出來運動，身上沒帶多少錢，現在只有三百塊，妳先抱孩子去看醫生，明天早上在中正路老地方，我再給妳錢 。』」

陳宗成接著再跟蘅芷說：「第二天一早，我帶了一萬塊現金，在當年這是非常多的錢。我把一萬塊錢給掃馬路的女人，她沒想到我會給她這麼多錢，對我千恩萬謝幾乎下跪。

我跟她說：『妳不要再去掃馬路了，最近報紙常登載幾個清晨掃馬路的工人，在黎明破曉時分被急馳的車輛撞死。妳現在拿這一萬塊錢去租間小店面，開個小雜貨舖，也好照顧女兒。』

時間荏苒，一下子小女嬰四歲了，我出錢供她上幼稚園，接著上小學、中學、大學，也都是由我供應學費，這時她早把我當親爸爸看，已經改口叫我爸爸。

後來她交了男朋友，這時她母親過世了，也是由我出面出錢替她母親辦喪事，過不久她要跟那個交往多年的男朋友結婚，她的男朋友住在歸仁鄉，我就在歸仁鄉買了一間透天厝送給她，就當嫁女兒一樣，也是由我出面主婚。

過了這麼幾十年，這時她終於問我：『爸爸，你為什麼一直以來對我們母女這麼好呢？你跟我們原本是完全不認識的陌生人啊！』

考慮了一會兒，我終於對她說了實話：『四十年前，我有一個一歲多的女兒，叫蘅芷。後來不得已離開她，我認識妳的時候，妳也是一歲多，還不到兩歲大。』

突然間她想通了，她大聲叫道：『原來——爸爸！你是把我當蘅芷在養。』

前幾個月她生小孩，我帶了兩隻雞要去給她做月子，剛巧在要去歸仁鄉的車站站牌前碰到我們幼稚園裡留了一頭長髮的陳老師，陳老師很好奇問我為什麼提了兩隻雞？

陳老師問我：『陳校長你提著兩隻雞要去哪裡？』

我支支吾吾的回答她：『沒什麼事啦，只是去歸仁鄉看一個老朋友。』」

蘅芷聽到這裡，感動極了，幾乎掉下眼淚說：「爸爸，你原來為我去找了一個替身。」

陳宗成默默的點點頭。

他們父女回到家，陳文元帶著未婚妻陳玲玉，也從墾丁玩回來了。陳玲玉告訴蘅芷：「大姐，這個星期天，我父母都會來台南，我們選在星期天訂婚，妳還沒要回台北吧？」

蘅芷祝福的說：「我會參加你們的訂婚喜宴。」

第二天一早，吃早飯的時候，李招治當著蘅芷和陳超凡、吳秋容夫妻的面說：「陳玲玉原來都是穿紙褲的，連內褲都不用自己洗。」

蘅芷聽了心裡也不好意思起來，自己為了方便及衛生也是出門穿紙褲，李招治好像在指桑罵槐，她比起以前的婆婆李霞是銳利多了；還好自己也不用常住在這裡，陳文元一結婚也會帶陳玲玉回美國，否則這個婆婆是很難搞的。

星期天陳玲玉的父母都來了，陳父是個很老實三顆梅花官階的軍人，一家人拍了合照，又吃了一餐訂婚宴

九

吃完訂婚宴，第二天蘅芷就回台北，因為事忙，幾乎有一個月沒跟台南聯絡。

有一天她接到慌慌張張的陳超凡打電話來，他說：「大姐，妳快來台南吧！我媽媽快被爸爸打死了。」

蘅芷吃驚的問：「這是為了什麼事？」

陳超凡說：「妳這一次回去那麼久，爸爸幾次打電話給妳，妳都不在。爸爸自作聰明又敏感，認為妳不想跟我們來往，說不定跟我媽媽有關，一氣之下抓我媽媽的頭去撞牆，他指責我母親，四十年前她在阿碧家補習，看到那個一歲多的

女嬰，應該知道這是他跟阿碧生的，為什麼後來我們有錢了，我媽媽一句也不提要寄點錢給妳們母女的事。

爸爸說這都是我母親的錯，她裝成不知道妳的存在。又說，我弟弟會變成智障也是老天爺的懲罰。」

蘅芷坦然回答：「我們母女的事跟你母親應該沒有關係，事情是你父親他自己做的！至於說你弟弟智障是老天爺的懲罰，一個做父親的不必這麼詛咒自己的兒子。」

陳超凡說：「大姐，我就跟妳老實說吧，我太太吳秋容只講錯一句話，就被他當眾刷了一巴掌，我丈人跑來理論，也把人家罵跑了。大姐，妳相信嗎？到現在為止，他不准我們鎖著房門睡覺。」

蘅芷想起來了，陳詩青曾告訴她，陳宗成是個佔有慾很強的人。

她只好安慰陳超凡說：「超凡，你就忍耐吧，過兩天事情忙完了，我再去台南一趟。」

過了幾天，蘅芷到了台南果然看到李招治頭腫了一個大包，李招治看四下無人，問蘅芷：「妳想，我在妳家補習，我當時也只是一個十七歲的小女孩，會聯想妳是阿碧跟宗成生的嗎？」

蘅芷很尷尬的說：「一個十七歲的女孩子應該不會想那麼多的。」

但蘅芷心裡想李招治真是一個不好對付的人，開口動舌的話都很令人尷尬。她想如果不是親情，不是陳宗成和自己還談得來，台南到底值不值得再來啊？

陳宗成看到蘅芷來，心情好多了，他說：「招治，我們明天帶蘅芷去給警務署長吳務熙看。」

李招治馬上說：「好啊！」

第二天一早他們三人坐飛機到台北，吳務熙署長有官邸，很客氣的接待他們，陳宗成也介紹蘅芷給他認識。從吳府出來，李招治說她要到百貨公司，陳宗成說：「我到蘅芷家等妳。」

到了蘅芷家一坐定，陳宗成就說：「這麼多的朋友裡面，我跟他們都說是小時候我們沒錢才把妳送人，但是我跟吳務熙署長講的是真話，我跟他實說妳是我跟一個賣香煙的寡婦生的。」

蘅芷沒想到陳宗成竟然有這麼大的勇氣，能對他最尊敬的長官吳務熙說出實話。

陳宗成說：「吳務熙署長後來跟我偷偷的講，我真是太有福氣了，妳生就那麼端莊聰慧，我老年還能再有這樣一個女兒，真是太有福報了。」

蘅芷這一次沒有跟他們回南部。第二天她到沅陵街繡莊買了一些繡線跟十字繡布，她要繡一幅繡畫放在臥室裡。走著走著，一抬頭突然看到陳玲玉的父親陳上校，她馬上跟他打招呼。

陳上校跟她說：「我們已經跟陳家退婚了！」

蘅芷吃驚的問：「為了什麼事?!」

陳上校說：「陳宗成真是個怪物，有一天我講話稍微有點唐突，他竟然破口大罵：你這個臭兵仔！還笑我女兒出門不洗內褲穿紙褲。這人真是有神經病！」

蘅芷說：「陳文元一結完婚馬上就會去美國，並不需要跟他們同住，他也沒有時間跑去美國鬧，你們怎麼不再考慮一下退婚的事？」

陳上校說：「他的兒女都不能逃離他的魔掌。他常常打電話找陳詩青的麻煩，還好，陳詩青的丈夫是一點毛病都沒得挑的人。還有妳知道陳超凡夫妻睡覺是不能鎖門的嗎？我怎能把女兒交給這樣的怪物人家?!哦！至於妳的事情更是不可思議，他跟我說，雖然從小沒養過妳，但是如果能找個人把妳風風光光的再嫁掉，就再也不欠妳什麼了。」

蘅芷說：「他怎麼有這麼奇怪自私的想法？」

陳上校說：「他是想從敗部復活，扳回最後一局，為自己的無情無義，作一篇翻案文章！為什麼他要求妳叫李招治媽媽？為什麼要妳說謊，把妳的生母變成養母？這一切，妳自己再慢慢想想，難道妳還看不明白嗎？妳都相信陳宗成的鬼話嗎？」

蘅芷無言以對，但是把陳上校的話聽進去了，的確陳宗成的最後目的，就是做一篇翻案文章。

過一陣子陳宗成又打電話叫蘅芷回去，她還是聽話的下台南。

她發現李招治的頭又腫了一個大包，陳超凡告訴她，是因為陳文元被解除婚約的原故，李招治又挨了揍。

陳超凡又說：「妳如果太久沒來我們家，我媽媽又要倒楣。」

蘅芷說：「這一趟我就多住幾天吧。」

在台南住了幾天之後，有一天她看到幼稚園裡的陳老師，便把她喚到一個冷僻的角落。

蘅芷問留著長髮的陳老師：「妳這一年內，在去歸仁鄉的站牌前，有遇到陳校長提兩隻雞要去看朋友嗎？」

陳老師極力的思索，然後覺得很莫名其妙的回答：「沒有啊！我從來就沒有在站牌前遇到陳校長，不要說一年內，十年內都沒有。」

蘅芷突然間覺得頭皮發麻，一股涼意從腳板底下竄起，周流到全身，她傻傻的愣在原地一直呆望著陳老師。陳老師慌張的問她：「蘅芷小姐妳怎麼了？」

蘅芷喃喃自語說：「我要回台北！」她走向那間客房，拿起她的旅行袋，往外衝出去。

就在這時，李招治、陳宗成和陳超凡向她這邊走來。陳宗成看到蘅芷揹著小旅行袋，厲聲問道：「妳怎麼才剛來沒幾天，就要回去？」

蘅芷本來想編個理由，但她發麻的頭皮，不假思索的大叫：「你這個大騙子，什麼乾女兒?!連一個鬼影子也沒有，我剛剛才問過陳老師。你是編什麼鬼話在騙我啊？」

這時陳宗成馬上惱羞成怒，欺過身來，抓起蘅芷的頭髮，連刷了她四、五個巴掌，在一旁的陳超凡跟李招治都嚇呆了，也不敢上前來攔；蘅芷的頭髮被他抓在手上，他還想再搧她巴掌，蘅芷使盡了吃奶的力氣用腿踢中他的小腹，陳宗成踉踉蹌蹌跌倒在地上；蘅芷奪門而出，剛好一部空計程車駛來，她立刻開車門跳上去。

十

蘅芷回到台北，在台南所經歷的種種，讓她忍不住委屈，打電話向譚紹竹哭訴。

譚紹竹說：「其實上個月陳上校就跟我說，陳宗成是為了扳回一局，作一篇翻案文章，才跟妳相認的。」

蘅芷問：「陳上校怎麼有您的電話？」

譚紹竹答：「我們都是上校退伍，我有一位部下跟他很熟，所以就聯絡上了。」

蘅芷問：「您當時為什麼沒告訴我？」

譚紹竹說：「妳好不容易才找到親生父親，我想再觀看一陣子再說，沒想到，陳宗成講的一切都是謊言，他也跟我講過他認了一個乾女兒的事，哪知道全部都是編出來的。」

蘅芷說：「乾爹，我現在的臉腫得比豬頭還大，至少要一個星期才能去看您。」

譚紹竹說：「妳先好好休息一陣子再說。」

過了一個星期，蘅芷提了一籃水果來譚紹竹家。

春桃一開門就說：「都一個星期了，妳的臉還是有點腫。」

蘅芷黯然說：「我想我是遇到了一個無情無義的精神病患者。」

譚紹竹說：「乾爹是旁觀者清，我把陳宗成這個人仔細分析給妳聽；一開始去認親的情況就非常不妙，他先說沒住過士林，也不認識阿碧，他究竟是存什麼心態到台南飯店來看妳，我們都沒有答案，但他放心的一點是：至少妳不是來要錢的。」

蘅芷問：「他的搥胸、頓地、磕頭到底是真是假，還是全都在演戲？」

譚紹竹說：「如果說全然是在演戲也未必，那是他心裡最後的一絲人性和良心被激發出來了。至於後來的所有措施，他是非常嚴密的在保護自己。包括叫妳寫繼承拋棄書、叫李招治媽媽……他無一不是在防護自己。妳想想看，他可以時常這麼虐打李招治，李招治敢提要妳寫拋棄書嗎？」

蘅芷說：「哦！李招治對我講過，她不是沒想過要跟陳宗成離婚，但是她在十七歲就選擇跟他私奔，她已無娘家可回！她怎能又去離婚，被所有的人看笑話呢？」

譚紹竹又說：「陳宗成跟妳講，他跟吳務熙署長說真話，妳是他跟阿碧生的，這應該也是假話。一開始他就說李招治請妳叫她媽媽，其實這是陳宗成自己的要求，他要編一個人人可以原諒他的故事：妳！蘅芷！是他們夫妻在最窮的時候養不起，才不得已送給賣香煙的阿碧那個寡婦養。」

蘅芷哭著說：「乾爹！我只能說我遇到一個瘋子，我以我的血液裡有他的一點點基因為恥！」

譚紹竹說：「也不必這麼想，畢竟妳不是他養大的。妳難道沒看過醫學報導：一對雙胞胎隔開兩地養大，雖然他們的面貌會相似，但所有的行為卻絕不會相同。」

蘅芷想起一件事：「我聽陳詩青說過，他父親是個很看重錢財的人，他們四個孩子個個都有胃潰瘍，那是因為他們每天活在緊張之中。」

譚紹竹說：「看重錢財，這可跟妳一點也不像，妳是視錢財如草芥，妳的善良像妳的母親阿碧。」

蘅芷嘆了一口氣說：「唉！還好跟這個無情無義的瘋子只來往幾個月，要不然真要被他整死！」

譚紹竹說：「我倒有一點同情他自己生的那四個孩子。」

蘅芷點點頭。然後說：「我要去新加坡，找我心裡真正的父親許乾。」

譚紹竹說：「唉！許乾才是妳心裡真正的父親沒錯！可是妳怎麼知道許乾埋在新加坡？」

蘅芷答：「新加坡有一個日本人萬人塚，所有在新加坡死難的日本人，當然包括台灣籍軍伕都埋在萬人塚裡。我至少去上一片心香，獻上一束鮮花。感謝他在生時對我母親那麼好，還有他在我的身分證上，做了我幾十年的父親。」

譚紹竹問：「妳什麼時候去？出門可要小心一點。」

蘅芷答：「清明節那天搭早班的飛機。」

第二部

塚之戀

一

蘅芷坐最早班的飛機直飛新加坡，抵達新加坡國際機場已經快中午一點了，這個機場的規模不小，各種免稅商品陳列，有吃的、穿的、還有用的，尤其是女人的化妝品最多，如果是以前她一定會買一些，但是今天她沒有心情買東西。

一個香奈爾的專櫃小姐硬是拉她去買 coco 香水，她只好買了一瓶。倒是九八年春季淺粉帶點紫的唇蜜她很喜歡，叫專櫃小姐拿了一條給她試試，跟今天的春衫，紫色的薄綢洋裝很相稱，專櫃小姐趁機叫她再買一盒淺粉帶紫又帶著些許螢光的腮紅，並替她抹一點在臉上，專櫃小姐說：「看看妳的膚質，絕對不超過二十八歲。」

蘅芷在化妝鏡前照，的確是美，一張鵝蛋臉，一對雙眼皮的鳳眼，濃淡適度的眉毛，有一點像菱角翹起、唇線分明的嘴，皮膚的顏色像糍飯的白，兩腮上又帶著粉紅，現在擦上這塊粉紫的腮紅和唇蜜，加上這身薄綢紫色的洋裝，總覺得像哪一部小說的人物，卻一時想不起來；還是專櫃小姐說得最直接：「小姐，妳真像畫裡走出來的人！」

蘅芷最明白自己有多美麗，但現在都不重要。她最要緊的是去找一個花鋪，她需要一大束美麗莊嚴的鮮花。

走過一大片的免稅商店，又走了幾條商店街，最後她終於在轉角發現一間花店，她興奮極了，趕緊衝入花店。

但店裡姹紫嫣紅，一時叫她無法選擇，終於她看到紫色的蝴蝶蘭，而且每一枝的根部都繫上養花的小水管，她想買這花最合適了，可以在祭拜後一兩個星期不會凋謝。

蘅芷跟店員說：「我要買這種蝴蝶蘭。」

店員回答：「好的，妳要幾枝？」

蘅芷算了一下說：「我要五十三枝。」

但大桶裡的蝴蝶蘭只有三打，店員趕緊說：「啊呀！小姐，只有三十六枝，妳可以等十五分鐘嗎？我們馬上去另一家店調十七枝來。」

蘅芷看一下腕上的錶，是一點十五分，她說：「可以，我等妳調貨回來。」

蘅芷無聊的在店口等著，突然她發現每個過路的人都望著她看，還有兩個男人以為她是店員，搶著進來買花。

店員笑著說：「小姐妳要在這裡多站一會兒，我們店裡的花就會被買光。」過一會兒，一個男孩送來十七枝一模一樣的蝴蝶蘭，蘅芷付了一筆不算少的錢離開。

二

蘅芷是作了功課，調查過資料來的。她叫一部計程車，跟司機說：「去后港的『日本人墓地公園』。」她跟司機講著福建話。

司機說：「小姐，那裡埋的都是日本人，妳講的是福建話，妳確定那是妳要去的地方嗎？」

蘅芷說：「沒錯，請你送我到那裡去。」還好這五十三枝的蝴蝶蘭遮住了她全部的臉，要不然她會懷疑司機有什麼其他的念頭。

想著一些心事，車子已經到了墓園門口，她下車逕直的往裡走。五十三枝蝴蝶蘭相當重，墓園內看起來空無一人，這也難怪，第二次世界大戰都結束五十三年了，早已超過半個世紀，這裡早就被人們遺忘。

走著走著，蘅芷想起媽媽在世時，一直想帶她來這裡。但媽媽的主治醫生，國泰醫院的陳院長阻止她這麼做。

陳院長說：「妳媽媽得的是風濕性心臟病，加上肺、腎功能都已經敗壞，我反對妳帶她坐飛機，一登上飛機發生什麼事，我可不敢保證。我建議妳不妨帶妳母親在台灣坐坐火車環島一圈，就可以了。」

蘅芷要求陳院長給媽媽開刀做心臟換瓣膜手術，但陳院長絕對不肯；他向蘅芷解釋，妳母親只要全身麻醉，就永遠不會醒過來了，她的心臟及腎功能已經嚴重敗壞，不堪全身麻醉，何況是這麼重大的換心瓣膜手術。

蘅芷聽了不啻晴天霹靂！母親就像她自己說的：「我一世人吃的是鹹、酸、苦、淡，阿乾死後，我每天不是酸梅泡飯、就是吃自己曬的鹹瓜拌飯……。」蘅芷忍不住在陳院長面前掉淚，陳院長閱人多矣，他知道眼前的這位像大學生的富家少奶奶，未嫁前家境一定很清寒。

他和靄的說：「薛太太，我知道妳的孝心，只要不搭乘飛機，妳帶妳母親到全省旅遊，坐火車、坐巴士都無妨。」

蘅芷想到媽媽常對自己說：「我就像一盞風前的燈火……」不用母親講，她當然知道母親就像在風前的一盞燭火，隨時會被吹熄。想到這裡，眼淚又流個不停，陳院長馬上抽出幾張面紙給她，她擦乾眼淚，點點頭向院長告辭，後面已經排了一條患者長龍。

和陳院長談完後，她每年都報名參加一年一次的媽祖進香團，那是媽媽每年最盼望的大事。

蘅芷也很高興帶母親參加進香團，有時到鄉下偏僻的地方住得很不講究，連棉被都有濕氣，潮潮的。但母女倆擠在一張床上，她覺得彷彿又回到童年和媽媽睡木板床的時光。

她總共帶媽媽進香九次，最後那次回來不到一個月，媽媽就往生了，是在那年的四月陰曆十七，也是陽曆的五月十七，那天又是禁屠日，有很多人說媽媽阿碧這輩子修得很好，才能在禁屠日往生。

她不捨把母親放在殯儀館冰冷的冰櫃。母親是停靈在自己家院子裡，她用台灣人的習俗，所謂三餐捧飯空檔，抄了一部《金剛經》。這是她從小看《紅樓夢》的原故，因為在《紅樓夢》裡，曾描述道：只要賈母過生日，大家都抄《心經》給賈母添壽。

因此，蘅芷想《金剛經》比《心經》長很多，共有三十二品，那《金剛經》的功力應該比《心經》大很多。當她抄到它的最後四句偈語：「一切有為法，如夢幻泡影，如露亦如電，應作如是觀。」這使她對佛法有興趣，從此她想明瞭，生從何來？死從何去？人生的意義到底是什麼？

難道人生就只有佛法「四聖諦」所說的：苦、集、滅、道？難道人生真的只有八苦？生苦、老苦、病苦、死苦、愛別離苦、怨憎會苦、求不得苦、五陰熾盛苦？至於五陰熾盛是色、受、想、行、識。其實這五陰才是其他七苦的根源。

媽媽在六月二日，道士趕工作完七七四十九天的法事，整整停靈半個多月才出殯；奇怪的是在這十七天內，太陽都沒有露臉，全是陰天。

出殯那天已經是盛夏，母親娘家的二舅被蘅芷請來封棺；封棺前，她慟哭流涕再看母親最後一眼，她老人家竟然沒有屍臭，也沒有任何屍液，只是臉上沒有血色，但一點都不嚇人。

抄完《金剛經》後，尤其是後面那四句偈語，從此蘅芷要追求生命的真諦，她想知道生從何來，死從何去？因此她進入佛門。

在佛經裡，她讀到一句話：「開悟的楞嚴，成佛的法華。」她找了一部由民初圓瑛上人譯註的《楞嚴經》，圓瑛上人花了十年才成此一大事因緣。

《楞嚴經》由阿難尊者和摩登伽女起原由，然後再七處徵心，此心當然不是心臟之心，蘅芷自己的解讀是「mind」，即人的思維，而非肉團之心。當然她更知道這是一部使人斷淫的佛經。因為佛經說：「三界輪迴淫為本，六道往返愛為基。」

圓瑛上人指明：「夫群生莫不有心，而真心難悟；修行莫不有定，而性定難明；指真心，而示性定者，其唯首楞嚴經歟！……」

蘅芷恭讀圓瑛上人所註《楞嚴經》後，自己到底有無開悟實在不知。但她的心量太大，她要再讀成佛的《法華經》；這次她想以此功德迴向給往生的母親阿碧。這是唐朝終南山釋道宣上人翻譯的。

蘅芷從「六萬餘言七軸裝，無邊妙義廣含藏，白玉齒邊流舍利，紅蓮舌上放毫光……」抄起，她用道士用的黃裱紙，裁成小學時寫毛筆字的大小紙張，再小心的把這一大疊厚厚的黃裱紙摺成一格格中小楷大小的模樣。

她一字一跪一拜一抄，總共抄了六萬多個字，也跪了六萬多拜，終於在二個星期後抄完一部人說成佛的《法華經》。

她把抄經及六萬多個跪拜的功德迴向給母親，希望她早登淨土；之後她用一把火，燒了這疊說不出有多厚的黃裱紙。想著想著，她從回憶中回到現實。

三

蘅芷走入墓園，這裡靜謐得有點嚇人，還好時當正午，陽光從樹叢中火辣辣潑瀉下來，滿地的落葉映著陽光，好像片片的黃金。

她再往裡走一點，果然看到一個墓碑，上面寫的字讓蘅芷很興奮，幾乎跳了起來！這是一個長長粗糙的石碑，歪歪扭扭在上面用漢字寫著「從軍南洋會員戰死者之墓」。

對了！這就是蒐集了好多資料，如今真的找到了！

幾十年來血淚的交集，終於讓她找到了！終於找來了！她謹慎的把蝴蝶蘭放在這寫著「從軍南洋會員戰死者之墓」的墓碑前，唸禱有詞的說：「爸爸！雖然您不是生我的人，但您是我心中永遠的爸爸。

媽媽阿碧已經往生了，不是我不帶她來看您，而是醫生不許，經過多年的打聽，我總算知道這裡是戰死在東南亞的日本人也包括台灣籍軍伕最大的墳塚。

媽媽曾經跟我提起她做的那個夢，您在海邊濕淋淋哭泣恐怖哀嚎的景象。爸爸！那只是一剎那的痛苦，以您的善良一定是到天堂去了；何況今年初，我把媽媽的骨灰和您的靈位合塚，您們一定在天上團圓了。

這每一枝名貴的蝴蝶蘭，代表媽媽和我對您每一年的思念，從民國三十四年媽媽九月間做了那個夢後，到今天民國八十七年已經整整五十三年，您和媽媽總算團聚了！但我還是要來這裡看看您，我祭拜的這些香花，請您接受我的供養，以及我的一片心香。

再告訴您一件不可思議的事，最近我捐了一個翡翠玉戒，是媽媽以前從廣東帶回來的。本來我指名是要做中國賑災用，沒想到它在上個月以一百二十八萬台幣在馬來西亞售出，新加坡與馬來西亞僅有一橋之隔，我也以此功德廻向您，早日與媽媽同登西方極樂淨土。」

蘅芷跪在地上行九跪九叩大禮，這時飄下雨絲，她渾然不覺，樹間的陽光已經變成了灰色陰影，地上的落葉被雨水淋濕，沾濕了蘅芷的衣裳，她這時才猛然驚覺已經下起滂沱大雨。

這裡毫無可遮蔽之處，本來樹木還可擋雨，雨勢大了，樹枝間的雨水流瀉的潑灑下來，蘅芷雖然不覺得害怕，但雨水早已淋濕了自己薄綢的衣服，正在無助之際，突然一把大黑傘罩住了她的頭。

她回頭一望，這把大黑傘的主人是一個英俊秀發長得像日本人的男子，正撐著傘罩住自己，而他自己反而有一部分遮不到傘，後背的衣服已經濕了一大片。蘅芷只好貼近這個男人一點，使兩人都罩在傘下。

蘅芷想自己日文是可以通的，沒想到，這個男人開口跟她講的是中國話：

「我們快走吧，我的車就停在墓園門口。」

那是一部白色最新款的賓士。

這個英俊的男人忙不迭的打開車門讓蘅芷進車裡去，並立刻打開暖風吹乾蘅芷的衣裳。

蘅芷跟他頻頻道謝，英俊的男人急忙的問她：「妳還覺得冷嗎？衣服乾了嗎？」

蘅芷說：「不冷了，衣服也半乾了，我想暖風再吹十分鐘衣服就全乾了。」

英俊的男人說：「妳住在哪個飯店？」

「咦？你怎麼知道我不是本地人。」蘅芷問。

英俊的男人回答：「妳像瓷器一樣秀氣的長相和口音，都告訴我妳不是本地人。」

蘅芷說：「你還真會捧人，也請你告訴我，你中國話為什麼說得這麼好？」

英俊的男人說：「我有一個合夥十幾年的中國好朋友，我們在一起時都講中國話。」

蘅芷「哦！」了一聲。然後想到自己只帶著一個小旅行袋，她本想祭拜完許乾第二天就回台北，所以還沒有在任何一家旅館登記入住。

蘅芷有點難為情的說：「我本來打算明天就回台北，今晚隨便找個旅館就可以。到現在我都還沒請問你怎麼稱呼？」

英俊的男人說：「我叫唐德修明，妳可以用中國式的稱呼叫我修明就可以。我也要請問妳的芳名？」

她笑著回答：「我叫許蘅芷，就是我國《紅樓夢》裡大觀園內的一個匾額『蘅芷清芬』中的『蘅芷』兩字，那是元妃回賈府省親時所題的字。你叫我蘅芷就行。」

修明說：「我讀過中文版的《紅樓夢》；因為從小祖母就教我讀漢字，它真是一部偉大的書，包羅萬象，又道盡人世的滄桑。」接著他又說：「妳不嫌棄的話，是不是可以和我同住一家飯店，我給妳訂另一個樓層的房間。」

蘅芷想了一下說：「好啊！不過要麻煩你了。」

修明說：「妳只住一晚嗎？」

蘅芷答：「我訂好明天晚上的班機回台北。」

修明說：「我也是！」

蘅芷納悶在心裡：「怎麼這麼湊巧！」不過和這麼英俊又多禮的男子乍相識就分離，真會覺得有點悵然。

修明替蘅芷登記入住，然後說：「妳不介意的話，晚上我請妳吃月光大餐。」

蘅芷說：「才認識就讓你破費，真是不好意思。」

修明說：「能和妳共餐是我無上的榮幸。妳先回房休息一下，七點鐘我來敲妳的門。」

今天蘅芷一大早就起床，現在的確睏了，她把鬧鐘撥在六點四十五分。

鬧鐘響了，她拿吹風機整理一下長髮，顯得更柔軟有致，又抹了一點中午買的那盒粉紫胭紅跟粉紫唇蜜，她對鏡子多看幾眼，又向鏡子裡的自己笑了笑。

一會兒修明來敲門，她這時才看見他的穿著，他穿了一件灰藍的薄長風衣，披著一條綢質淺藍的圍巾，濃密的頭髮全向後梳，兩鬢留著長及耳朵的鬢角。

修明說：「我們去中庭的花園餐廳，那裡有古典音樂演奏。」

蘅芷說：「謝謝你的招待。」

兩個人面對面坐定，這下子更可以清楚的看對方。修明目不轉睛的看蘅芷，她也仔細打量修明：他有一雙大大的眼睛，眼神流露出瀟灑的帥氣，高挺的鼻樑下是一張不大的嘴，最可愛的是它的下唇往上揚，他有一張不大的小臉，會使人想把它用雙手搗起來。

修明說：「蘅芷，妳宛若是我最喜歡一部小說中的女主角。」

蘅芷說：「可以告訴我是誰嗎？」

修明答：「我國《源氏物語》中的女主角——紫之上。」

蘅芷說：「啊！那不就是中國的《紅樓夢》？」

修明說：「妳看妳這一身的紫，在月光下閃著紫色的螢光，這要叫人看了目不轉睛；如果妳肯，我回去日本買一件西陣織，紫色帶點銀光的和服送妳，在月光下穿起來，紫式部一定會從地底下爬出來拍手叫好！」

蘅芷說：「修明先生，你好幽默！」她知道日本西陣織的和服，一件至少要一兩百萬台幣。

修明這下更認真的說：「真的！我不是信口開河。」

菜一道道的上，都是西式頂級的料理，量不多，但很多道。

已經快十一點了，蘅芷有點撐不住，修明馬上說：「我送妳回房休息，妳一大早就坐飛機，一定累了。」

蘅芷說：「真謝謝你，讓你破費。」

修明問：「妳明天還想去哪？我是最好的導遊。」

蘅芷答：「我還要再去那個墳塚。」

修明說：「沒問題！讓妳睡晚一點，起來吃過中飯再去。」

蘅芷說：「謝謝你！晚安！」

修明深情的再看蘅芷一眼，然後也說：「晚安！」

四

第二天中午，他們還是到昨天那個墳地。兩人不約而同穿的都是白色的衣服，蘅芷穿的是一件領口袖口都有荷葉邊的百褶裙洋裝，修明穿的是米白色麻料的西裝，領子豎起，他沒有打領帶，顯得更帥氣。兩人互看著對方的服裝，然後相視莞爾一笑。

五十三朵蝴蝶蘭依舊亮麗的開著。蘅芷在地上磕了一個頭，然後行一個問訊禮。

蘅芷拜好了，她問修明：「你昨天來這裡是為了什麼事情？」

修明說：「我是來祭拜父親的，我帶妳去看他的墳地。」

原來，在不遠處，立了一個碑寫著：「陸海軍人軍屬留魂之碑」。

修明說：「太平洋戰爭爆發時，日本陸軍奇襲登陸馬來半島，兩個半月後攻陷了這個非常堅固，當時由英軍佔領的要塞。日軍用腳踏車組成的『銀輪部隊』從距離登陸地點一千公里的細長馬來半島南下，在經過一個晝夜激戰後，終於成功的攻下了武吉知馬要塞，當時這是贏得馬來西亞第一場戰爭的戰勝地。

山下奉文在馬來西亞的福克工廠裡，問英軍司令官帕西巴爾中將，願不願意無條件投降。

但一九四五年日本在菲律賓及馬來西亞兵敗如山倒，而這些戰敗的日軍都以剖腹自殺，我母親在一九四六年十月初收到我父親的遺骨，祖母痛不欲生。

這座墳墓是一座紀念在馬來西亞戰爭中，全體日軍戰死的合葬塚。我父親是在一九四五年六月被調派到馬來西亞，在天皇玉音放送前就戰死了，我在十月才生下。」

她指著遠方坐東面西的大墳問：「這座大理石砌成的大墳埋葬的是誰？我們

走過去看吧！」走了一會兒就到大墳，修明說：「這是日本南方總司令——寺內壽一的大理石墳塚。」

蘅芷猛然叫了出來：「啊！是寺內壽一！在蘆溝橋事變後，他就是日本駐華北方面司令軍的統帥，還曾一度籌組王克敏偽政權。在著名的平型關戰役，被中國軍人慘重攻擊的坂垣師團，也就是他指揮的！坂垣師團幾乎把黃河染成了大半是中國人屍體的一脈血水！」

說到這裡蘅芷停住了，不再作聲，修明也默然無語，他用有點內疚的眼神看著蘅芷；她心裡想，修明是在為日本人在南京大屠殺內疚呢？還是為了在第二次世界大戰中，中國人死於抗日戰爭的一千八百萬人口？這還不包括中國人所稱的國恥日：民國二十年的九一八事變。

九一八事變，當時由日本司令軍本莊繁策劃想染指全東北。而中國是以父親在民國十七年被日本人炸死於皇姑屯的張作霖之子，張學良為首的中國東北軍與之對抗。

其實皇姑屯事變，是由大河內作祕密籌劃，民國十七年六月四日東北王張作霖坐的那班火車經過皇姑屯，日本人早已埋了炸藥，因為張作霖是所有軍閥中最反日、最不與日本軍合作的，這也是他被日本人炸死的原因。黑龍江總督吳俊升當場被炸死，張作霖緊急送醫急救延至上午九點三十分也宣告不治。同年十二月二十九日張學良通電南京蔣介石，換掉北洋軍閥的五色旗，結束北洋軍閥的統治，以蔣介石為首的國民政府基本上統一全中國。

中國東北軍大敗後，由當時日本特務機關的負責人土肥原賢二，遊說略誘清遜帝溥儀，在民國二十一年三月一日於長春成立「偽滿州國」。

其實九一八事變，就是世界第二次大戰的肇端……。

蘅芷在中學六年間，歷史不管是大小考、期末考，沒有一次不是考一百分，甚至大專聯考因為寫錯一個字，考了九十九分，國文也有九十幾分，否則怎麼可能考上第一志願的銘傳電子計算機系？

因為自己的數學只考了兩分，而在當年考丁組，國文是不能加百分之二十的分數。想著想著，黛綠年華彷彿又回來了，連歷史老師鄂蓮芳的身影都浮現，每次鄂老師發考卷後，常常當眾讓蘅芷站起來接受全班同學的掌聲。

過了一會兒，蘅芷回復到現況，她重重的嘆了一口氣說：「我們兩人都是戰爭的受害者，希望這個世界上再也不要有戰爭，再也不要有流血，再也不要有衝突，再也不要有紛亂。」

蘅芷接著再問：「你是遺腹子？」

修明答：「是的，我是祖母帶大的。從二十幾年前起，環境許可，每年都會來這裡參拜一次？那妳呢？」

蘅芷說：「我是來祭拜我母親的丈夫，雖然我不是他親生，但在我心中，他是我永遠的父親。」

修明說：「原來是這樣，妳那五十三朵蝴蝶蘭好像給我過生日似的。」

蘅芷說：「哦！你是一九四五年生，今年真的是五十三歲，可是你看起來四十歲不到。」

修明說：「看起來我不只要請妳吃飯，還要買禮物送妳，妳太會說讓人開心的話。」

蘅芷說：「我剛好小你十歲。」

修明說：「我以為妳最多不超過二十八歲。」接著又說：「我的妻子已經過世十年了，她美麗又善良、慈悲。這十年中有很多人幫我介紹續絃，但沒有一個能及她的；昨天我在妳後面大約站了半個鐘頭，看妳那麼虔敬的跪拜，感覺得到妳是個很善良的人。

後來下雨妳都不曉得，一直到我撐傘遮妳，妳回頭看我，妳的容貌真讓我嚇了一大跳。」

蘅芷覺得修明是一個直來直往藏不住話的人，除了他俊秀英發的容貌，直爽的個性，她也很欣賞。

這下換蘅芷說：「我離婚也十年了，但是一直都忙於慈善工作和投資字畫買賣。你知道這是非常耗時間的工作，既要研究它們的真假，還要知道它們的來龍去脈，一點都馬虎不得，尤其我投資的古董字畫很多是在清朝以前的，金錢數目非常龐大，更不能掉以輕心；所以也沒有時間找對象。」

修明讚嘆的說：「妳真不像一般的女人，原來妳還有這麼豐富的內涵，妳的美貌僅是錦上添花。我看妳要找到能配得上妳的男人真的很難。」

蘅芷這時突然俏皮起來，她心裡是欣賞修明的，修明不只英俊，又體貼，而且也有豐富的人文素養，一點也沒有富人的俗氣。她說：「你怎麼會配不上我。」

修明高興的差一點跳了起來，他說：「那麼我們能做好朋友了？」

蘅芷很高興的點點頭。

正在這時他倆同時發現了一尊沒有頭的菩薩石像，蘅芷覺得那好像是地藏王菩薩。地藏王菩薩立大願發誓說：「地獄不空誓不成佛。」是啊！蘅芷想：地藏王菩薩是藏身在這深不可探的血海深淵中，超度一切苦難亡魂及惡貫滿盈的眾生，它都顧不了自己沒有頭顱，而藏身在這貌似靜謐，而實際上是無邊血海地獄，流著多少無辜被殺戮者的血水，和殺人魔王的血液。

蘅芷想到自己去過的南京大屠殺紀念館，那些被殺戮的中國人，還有想都不敢想的那些被日本軍人輪姦的無辜婦女，最後再被尖刀刺死！日本這個民族怎麼這麼詭異？發動戰爭也就算了，對婦女的不人道，比禽獸更恐怖，實在罄竹難書！蘅芷去南京大屠殺紀念館是半閉著眼睛看的，日軍強暴婦女的照片，她看也不敢看！

這時她對眼前的這位俊秀的日本男人突然產生一種歷史無名的反感！過了一會兒她才想到他也是戰爭的受害者。

修明一點也沒發現蘅芷剎那間的異狀，他帶蘅芷到一個日本式的廟堂參拜，看他熟門熟路，想來已經是來過很多次了。最後離去前，修明給那個守廟人一千元新加坡幣，這位老者應該是負責看守這個墓園的人。守廟老者感激涕零，她想，這至少是他老人家一個月的薪水。

五

到了台灣，修明跟台灣最大的紡織商開了兩次商務會議。

第二天修明到蘅芷的家按門鈴，她開門一看，修明捧著九十九朵香檳色的玫瑰花，她高興極了，連忙接過來把花放在透明的大玻璃花缸裡，香檳色的玫瑰花襯著蘅芷今天粉橘黃的衣服真是美極了。修明今天穿一套灰色夏天薄西裝，披上一條黑底淺灰格子的長絲巾，真是瀟灑佻脫。

蘅芷帶他看每張自己收藏的畫，並且跟他作解說。

修明告訴她，自己有一個中國合夥人叫李明善，他們兩人不止投資石油開採，也共同投資書畫收藏品。

修明說：「妳可以當我們收集字畫的參謀。」

修明一件一件的欣賞，突然他看到一個鑲在玻璃框裡的瓷盤，這瓷盤裡繪了一朵盛開的黃色菊花，他吃驚大叫了一聲！

修明急急問：「蘅芷小姐！妳這瓷盤是從哪裡來的？它跟我家的剛好是一對！」

蘅芷答：「這個瓷盤綰繫了兩個女子真摯的情誼……」

修明迫不及待的問：「妳講仔細點行嗎？」

蘅芷緩了一口氣，接下去說：「媽媽告訴我，日本在一九四五年打敗戰後，那些日軍眷屬其實也很可憐，她們不顧臉面，以前個個是貴婦，但現在披頭散髮，把屋裡最後的家當都擺在路邊地上叫賣。

有一個媽媽最好的朋友叫菊子桑，也坐在地上，蓬頭垢面，鬢角被風吹得毛乎乎的，媽媽看了以前的貴婦淪落到這種地步，實在不捨。

我媽媽知道，她的丈夫是乃木希典大將的得意門生，現在已經是乙級戰犯，就要被送回東京，正等著盟軍大審判。她的獨子在五、六月間，被抽調到形勢凶險的馬來西亞作戰，她美麗的媳婦身懷六甲。萬萬沒想到現在菊子桑竟然也變成如此模樣。

或許說來有緣，菊子桑是貴婦時，竟跟小門小戶的媽媽很投緣，她常做一些日本小甜點，像紅豆餅啦、紅豆飯糰啦、還有日本綠色抹茶送給我媽媽。媽媽對這位貴婦的青睞及盛情，當然銘感五內，感動極了！

此時看到至友淪落成這個樣子，實在極不捨，媽媽立刻跑回家拿了一個一兩重的金戒指和一塊她在廣州買的上品翡翠戒面送給菊子桑，讓她回歸日本後能重整家園。

菊子桑流著戰敗者的眼淚，這也是感激的淚水。她回贈給媽媽她的結婚禮物——乃木希典大將軍所贈的、印有黃菊花的盤子，以紀念彼此的情誼。」蘅芷細述以前母親所說這個菊花盤子的由來。

沒想到這時修明衝過來狠狠的抱住蘅芷，她雖然喜歡修明，但這樣的擁抱太突然，進度也太快了，她羞答答的把頭依在他的肩膀上，但身體微微抵開他。

修明緊摟著蘅芷說：「妳知道嗎！我的祖母就是菊子桑，我從小就聽祖母講，台灣有一個很善良的女人，在她身無分文的時候送了一個一兩重的金戒指和一個上品翡翠戒面給她。

二次世界大戰結束不久前，我爸爸戰死在馬來西亞。媽媽在生下我時產後血崩，不久也過世了。祖父是乙級戰犯，在東京大審判中被判十二年有期徒刑，第四年就在監獄裡生病往生。

祖母把這僅有的金子和翡翠戒面變賣，開了一間小雜貨鋪，含辛茹苦把我養大，我也沒辜負她對我的期望，唸到東京帝大畢業，拿了獎學金又去柏克萊讀了兩年碩士，就在這時候遇到我過世的太太，我的丈人是東京淺草區的望族。我剛做生意時丈人資助我很多金錢……」

蘅芷聽他絮叨的說著，又把自己抱得這麼緊，她只聞到男人的體味混著清淡古龍水的味道，她被他摟得幾乎不能呼吸，這時修明突然發現自己莽撞的行動，他難為情的鬆開她。

修明又說：「祖母臨終前交代，一定要我到台灣去找那個恩人，沒想到恩人就是妳母親！」

說到這裡他又拉住蘅芷：「妳知道嗎，我跟台灣最大的紡織企業已經合作二十年，我選台灣人做合夥人，就是趁機要來找那個恩人！」現在他不僅摟著蘅芷，還撫摸她的長髮，蘅芷這時倒覺得有被母親摟著撫摸的感覺。

修明發現自己的舉動有點越線，忙說：「對不起，蘅芷，我太衝動了！」

蘅芷羞答答的說：「你在沙發坐一會兒，我去沏茶和切水果給你吃。」

修明跟蘅芷說他還有三天的假期，希望蘅芷帶他到處看看。

蘅芷帶他到士林，指出當年媽媽擺香煙攤的巷口，現在已經變成一家很有名的炸雞排店。她又指著一條街，告訴他這是小時候聽母親說的，日本戰敗後，日軍眷屬沿街叫賣家當的地方。兩人都不勝唏噓感慨。

「好了！我們不要再感傷，現在就帶你去故宮參觀。」蘅芷說。

兩人在故宮參觀整整一下午，互相交換意見，修明又稱讚蘅芷的博學，她覺得他懂的中國的東西也不少。

兩人又輕鬆愉快的同遊了台北市區、淡水老街和三峽古廟。

最後這天，修明送蘅芷回家，夜已深了，兩人似乎有講不完的話。蘅芷知道修明是坐隔天早班的飛機，她說：「我不能再留你了，你要早點睡。」

修明點點頭，然後說：「希望妳有空就來東京找我。」

蘅芷說：「好的。」

這時修明從口袋裡掏出一串很精緻的金色鑰匙，他拉起蘅芷的手，讓她握在手中。

修明說：「請妳不要誤會，東京的旅館都很小，而我的房子有兩百坪，只有三位照顧我的歐巴桑跟我住，屋子裡有兩間大客房，歡迎妳隨時來。」

蘅芷有點不好意思，但又很感動，看著修明給她的鑰匙。她說：「謝謝你的安排。」

修明說：「要快點來看我哦！」

蘅芷笑著點頭。

六

過了半個月，蘅芷忙完了事情，她訂了機票要去東京。看了修明給的那串精緻的金黃色鑰匙，她有點猶疑起來，雖然說兩情相悅，但是這麼冒冒失失的跑到男人家，自己就住進去，不像大家閨秀風範。

旅行社打電話來，已經替她訂好了隔天下午三點的班機，到東京是六點。她撥電話給修明：「喂！我是蘅芷，我明天晚上到東京看你。」

修明高興的說：「太好了！太好了！我會去機場接妳。」

第二天蘅芷一下飛機，果然修明已經捧了一大束鮮花等在那裡了。

修明一看到蘅芷，抱著花束大步走過來。

蘅芷說：「你怎麼這麼客氣，還破費買這麼多花。」

修明說：「我知道妳最喜歡花，我們可以帶回去插啊！」

修明自己開車，他一直偷偷的斜過眼睛看蘅芷，蘅芷今天穿無袖粉紅色洋裝，但裙襬間的褶縫是銀灰色的，非常別緻。她看修明今天穿得很正式，黑色的亞曼尼西裝，打著淺灰色的領帶，真像董事長的派頭。路上經過一棟八十幾層的大樓，每層看樣子至少有五、六百坪。

修明告訴她說：「這棟大樓從二十二層到三十層都是我的辦公室，在我二十七歲那年，剛跟百合結婚，我從美國ＡＢＣ電台的石油能源解說人員口中，總括分析美國的能源情況，那播音員最後語重心長的說：『以整體原油價格，目前不算高，已經快到谷底了。』

我聽到播音員的話很興奮，跟妻子百合商量後，立即向丈人借了一大筆錢，買入一千萬桶原油。翌年爆發石油危機，每桶價格飆漲了三、四倍。這就是我做生意賺到的第一桶金。那可真是不少錢啊！」

修明說：「我本來的辦公室是在澀谷區的舊大樓，那是丈人借給我錢買原油賺到的第一桶金買的，是五〇年代建造的一棟七層樓，百合時常在中午的時候送便當給我，在那棟樓內處處有百合的身影和笑聲；沒想到我們夫妻的緣份只有短短的十六年，自從百合過世後，在澀谷的舊大樓上班總揮不去對百合的思念，幾乎讓我走不出思念百合的陰霾。我都不知道那幾年是怎麼過日子的，像行屍走肉，對一切無知無覺，每天只有埋頭工作，忘掉至痛。

當時我的祖母已經很年老，她看我這麼傷心不能自拔，在她臨終前，語重心長的對我說：『你的祖父是乃木希典大將軍的得意門生，乃木的歷史地位是和著名的東鄉平八郎相當。乃木大將曾對你祖父說了一段非常有意義的話，他說：「記住！你永遠不能踩到父母或老師背後長長的身影，要離它們至少三步以上，表示你對尊長的恭敬心。」這是乃木對你父親的教誨，也是乃木大將的人格！你父親在你出生前戰死在馬來西亞戰場，也算為國盡瘁！你是軍人的小孩，不能為了至愛的妻子死亡，就一直活在喪妻的陰霾中！』我聽從了祖母臨終的遺言，慢慢才從喪妻的痛苦裡走出來。

現在這棟新大樓，才蓋好五年，我是在價錢最便宜的時候買的，搬來這棟新大樓，我想給自己全新的開始。我的丈人叫我不要再戕罰自己，甚至二年前也搬了新家，老丈人希望我能夠走出喪妻的陰霾，再找一個好女子，照顧我的下半輩子。」

修明看蘅芷聽得入了神，他接著又說：「沒想到我的埋首工作，所有的投資都有很大的收益。我的投資佔資本額最高的是石油的開採，然後就是汽車的合資，和紡織部門，最小的一部分是古董的投資。這棟新樓，有三層我租給其他的公司。」

說著說著，已經到修明的家，那是一棟黑大理石跟白大理石兩色相間的別墅，看起來的確很新穎。煮飯的歐巴桑和打掃的二位歐巴桑早已迎接在門口。

煮飯的歐巴桑對修明說：「我做了鰻魚飯、生魚片，還有一個豚肉小火鍋，還炸了幾色時蔬。」

修明說：「蘅芷小姐的食量很小，這樣就夠了。」

蘅芷把花交給負責打掃的歐巴桑說：「請把包裝紙拆掉，把它們養在花缸裡。這一簇花有玫瑰、劍蘭、百合、茉莉、還有茶花，放在立著的花缸裡會很漂亮。」

打掃的歐巴桑說：「客廳有一個玻璃大花缸，就養在那裡吧。」

修明叫道：「蘅芷，快來吃飯嘍！」

蘅芷看一樓的陳設非常的新潮，可以看出材質是最上等的，大略看去，一樓有客廳、餐廳、一個開放式的廚房，還有書房、工作室，最後面是一間套房，應該是給歐巴桑們住的。

蘅芷跟修明說：「我最愛吃鰻魚飯，這魚做得真嫩。」

修明跟她說：「妳再吃吃歐巴桑做的豚肉火鍋，不是蓋的喲。」他替她盛了一小碗有肉有湯汁的火鍋，「妳快嚐嚐看啊！」

蘅芷一嚐果然是最頂級的豚肉，幾乎入口即化。她開心的說：「太好吃了，歐巴桑太會做菜了，你是到哪裡找到這位燒菜歐巴桑的？」

修明笑著說：「我是從銀座一家很有名的料理店，把她挖角過來。」

蘅芷說：「原來是專業的，怪不得菜做得這麼好吃，不過我已經好飽了，我想漱洗一下。」

修明帶她到二樓的一間大套房，二樓共有三間大房間，全部是最豪華的裝備。他指給蘅芷看，臥房裡面旁邊有一個小偏門，他說：「妳來我就不上鎖了，如果妳半夜想找人聊天，妳就打開妳這邊的這個小門就可以了。」

她一看，這個門是雙重的，兩邊可以互相鎖住，也可以互相打開。由兩邊房間的人，自由操縱。

蘅芷打開衣櫃，已經掛了二件絲質和服睡袍，是全新的，一件銀白，一件粉紅，和三件洋裝綢睡袍，一件粉橘，一件白色，一件粉紅。這都是蘅芷穿給修明看過的顏色，她心裡想：這個男人真體貼。

修明說：「我也要去沐浴，等我們都洗好了，就到外面小客廳看電視，歐巴桑會拿水果盤和小西點給我們吃。」

蘅芷比修明早沐浴出來，她穿著粉紅色絲質的和服睡袍走到客廳，歐巴桑早已擺好了一盤三色水果和一盤小西點。蘅芷打量這個客廳其實很大，牆壁上嵌入一台四、五十吋的大電視，橫櫃上擺滿了鑲著銀相框的照片，她終於看到修明往生妻子的照片，長得絕對不輸吉永小百合，怪不得修明到現在還找不到續絃。

一會兒修明也出來了，他穿了一件深藍色絲質的和服睡袍，顯得人更頎長。

修明拿起几上的小盤子替她撿了三色水果和幾色小西點。小西點泛出濃濃的牛奶香。蘅芷接過水果盤嚐了一口哈蜜瓜，她說：「好甜啊！」

「妳再嚐嚐葡萄。」修明說。

蘅芷小口嚥了下去，瞇起眼睛說：「這葡萄不只甜，還有濃濃麝香的味道！」

修明說：「妳喜歡吃，我明天叫歐巴桑再去買，沒錯，它就叫麝香葡萄，只有這個月是產期。」

他們兩人坐在雙人座的沙發上，是緊挨著。而修明根本沒有打開電視機的打算，他只癡癡的一直看蘅芷吃東西。

她說：「你自己怎麼不吃呢？只看我吃，你的嘴吃不到甜味。」

「怎麼會吃不到？」修明坐靠近蘅芷，一把攬起她，熱情的吻上她的唇，蘅芷並不抗拒。

他察覺到她的豐滿潤滑的膚質，蘅芷覺得呼吸困難，稍微推了他一把，這時修明的嘴才離開，蘅芷喘了一口氣，感覺到自己的耳根燙得跟火燒一樣，她並沒有生氣，只感到難為情。

而修明只是呆呆的望著她，又拉緊她的手過來，可是忍不住還是把她橫放在沙發上，就壓在她身上不停的深吻她。她只感覺自己軟軟的胸脯被他壓得喘不過氣來，她用一隻手扳開他的頸，輕輕的說：「不要這樣，不是現在！」

修明像如夢初醒，他的臉也紅了，然後喃喃的說：「對不起！」更輕聲在她耳邊問：「是不是嚇著妳了，別怕！我只是喜歡妳，喜歡到立刻想跟妳結婚，妻子死後，我從來沒有對女人這樣動情過。」

蘅芷說：「跟你說真心話，我也喜歡你，可是還沒做好結婚的心理準備。」她想，這個正當盛年的男人已經禁慾快十年，真不可思議，她更原諒他剛才的舉動。

這下換修明不好意思的催她去睡覺，他說：「明天是星期五，公司通常沒有什麼事，這三天我帶妳到京都、奈良去。」

「太好了！我最喜歡京都、奈良，那裡是日本最有文化的地方。」這時蘅芷發現他的耳根也是紅紅的。

「妳心裡要有準備喲，我已做好一件和服，妳要打扮成古代的日本美女。」修明笑著說。

「是不是像藝伎那樣？」蘅芷好奇的問。修明點點頭。

「那麼晚安了！」蘅芷笑著說。

「祝妳一覺香甜，有個好夢！」修明輕輕的親了一下她的額頭。

七

兩人同遊了京都、奈良，幾乎所有的佛寺都參拜過了，也吃了京都有名的湯豆腐。

在京都最有名的西陣織，修明訂了一套紫銀色的和服，早就約好的梳髮、化妝及照相師，都一一在等候蘅芷。

蘅芷先是穿上和服沒有上妝，照一組照片。然後梳髮化妝後再照一組，完全像個古代的日本美女，店裡的工作人員都嘖嘖讚嘆蘅芷的美麗優雅。

修明說：「這一套西陣織和服就送給妳。」

蘅芷笑著說：「我哪有機會穿啊！」

修明回答得巧妙：「妳真要在日本住下來，還是有很多穿的機會，在日本非常正式的場合，很多人穿和服，就像中國正式的場合，貴婦都穿旗袍一樣。」

蘅芷聽到工作人員竊竊私語說：「這套西陣織和服，是店裡最近成交價最高的和服，快要一千萬日幣。」

她聽了嚇一大跳，這差不多合台幣三百萬。她急得拉修明說：「你怎麼花這麼多錢，事先也不先跟我商量一下，這太奢侈浪費了。」

修明說：「如果跟妳先商量，就買不成了。」

蘅芷記得她讀過一本寫男女感情的書，書中說：「看一個男人花錢的態度，就知道他對感情的態度。」那麼像修明這樣的人，對感情一定是很執著，而且一往情深。當然從他對妻子的深情，就可印證。

修明跟蘅芷說：「我們今晚趕回去，明天星期一，帶妳到我的公司參觀。」

八

修明帶蘅芷到自己的辦公室，朝裡面走才知道這棟大樓非常寬敞，每層將近一千坪，總共有五層，差不多有一千個員工。

到了第六層，修明說：「這都是我跟李明善合購的字畫收藏品，請妳幫我們做個鑑定好嗎？」

蘅芷說：「沒問題，我替你仔仔細細做個鑑定。」她看這些收藏品都是近代的名家，有徐悲鴻、任伯年、潘天壽、李可染、常玉、林風眠、吳冠中、石魯、吳昌碩、齊白石……最古的是明朝的徐渭。她一張一張仔細的看，修明則坐在陳列室豪華的沙發上翻閱著報紙耐心等她。

蘅芷一路看下來，臉色漸漸變了，總共花了三個鐘頭，她終於看完了所有的畫，先是沉默不語，然後嘆了一口氣問：「我想知道這些字畫，佔你總財產的多少？」

修明說：「和李明善對分後，約佔總財產的十分之一不到。」

蘅芷鬆了一口氣說：「還好！損失不算太慘重。」

修明問：「妳的鑑定怎麼了？快告訴我吧！」

蘅芷說：「我跟你實話實說，它們超過一半是贗品！」

修明大叫：「啊！」

蘅芷問：「你這些收藏品，都是從哪裡得來的？」

修明垮著臉答：「倫敦、紐約和全世界各地的拍賣會，當然包括中國、香港和台灣的拍賣會。」

蘅芷說：「所有拍賣會拍出來的東西，不一定全是真的，沒有任何人敢對它們作保證，還好只是你總投資的十分之一不到，以後你可要小心一點，也請你的好朋友李明善要小心。奇怪的是，倒是吳昌碩、齊白石和明朝的徐渭，那十幾幅芍藥全是真跡，而且都是他們的扛鼎之作。」

修明「噢」了一聲，然後說：「那總共十六幅吳昌碩、齊白石和明朝徐渭的芍藥，都是李明善買回來的。」

蘅芷說：「我最喜歡的花就是芍藥。」

修明問：「像妳這麼美的人，為什麼不是喜歡牡丹，而是芍藥呢？」

蘅芷回答：「牡丹雖說是花中之王，但只有觀賞作用，而芍藥美得含蓄耐人尋味，而且它還可以入藥治病，芍藥也叫紅藥。」她接著再說：「在我國的《詩經・鄭風・溱洧》有幾句詩說：『維士與女，伊其相謔，贈之以芍藥。』這是說一對男女，在春末夏初間嬉戲，互相贈與芍藥花，所以芍藥是友情和愛情的象徵。又有人說：人將離別時贈之與芍藥。善畫芍藥的徐渭曾說：芍藥揚州第一。它又名『將離』，這芍藥當然也是感傷之花。

蘇東坡曾在揚州做官多年，他說：揚州芍藥為天下之冠。所以也有人稱蘇東坡是芍藥的男花神。

至於芍藥的女花神，大概就是《紅樓夢》第六十二回描述史湘雲醉眠芍藥茵，她可稱為芍藥的女花神。《紅樓夢》第五回對史湘雲的判詞說：『富貴又何為？襁褓之間父母違，展眼吊斜暉，湘江水逝楚雲飛。』也是《紅樓夢》引子裡，那一首〈樂中悲〉說史湘雲：『終舊是雲散高唐，水涸湘江！』」

修明說：「沒想到芍藥花在妳口中說來也有這麼多的故事。我等於重溫了半部《紅樓夢》！」

蘅芷笑著說：「你也太誇張了，只有六十二回的標目，跟第五回的一兩句引子，你竟然說是半部《紅樓夢》！」

修明折服於蘅芷的文學底蘊，說：「看來，妳不是喜歡只有美麗的東西，還要有更深一層次的。」

蘅芷說：「五月牡丹花開、六月芍藥開，六月初，我會去中國北方，我帶幾十盆芍藥回來，就種在你們這個書畫收藏的樓層，而且我會寫三個字送你們。」

修明問：「哪三個字？」

蘅芷回答「紅藥庵」三個字。

修明笑得合不攏嘴說：「唉呀！這棟大樓將更有人文氣息。」

他立刻打電話給在德州的李明善說：「明善，我告訴你，我們所有的收藏品有一半是假的！真的！沒騙你，我請了一位真正的專家做了鑑定。以後一定要請她先做鑑定再收藏。不過你經手收藏的那十六幅吳昌碩、齊白石和明朝徐渭的芍藥倒都是真的，而且都是他們三人的力作。

噢！現在德州很熱！我們二號井的出油量正常，一號井已經不行了，你打算封井，二號井油量源源不絕，我們的投資沒問題。謝謝你的報告，真是太辛苦你了。我們隨時保持聯繫。」

修明說：「蘅芷，以後我們的收藏一定要先讓妳看過。」

第二天早上修明問蘅芷：「妳坐幾點的班機回台北？」

蘅芷回答：「下午六點。」

修明說：「我提早一點下班送妳。」

蘅芷答：「謝謝！麻煩你了。」

修明說：「我沒讓司機送妳，是想多跟妳相處幾個鐘頭。下個月一定要再來看我哦！」

蘅芷說：「不是說好要送你幾十盆中國的芍藥嗎？當然會來看你。」

修明看家裡大客廳空無一人，又擁抱著蘅芷深吻，她也不拒絕，過了一陣子修明鬆開她，他說：「我現在好像每天都要看到妳才行。」

蘅芷說：「一個月很快就過去了，你也要多花一些心思在事業上。」

修明紅著臉點點頭。

九

直子嘟著紅咚咚的嘴唇，對她父親森川說：「爸爸！你快替我想想辦法，姐夫最近交了一個台灣女朋友，正打著火熱呢！」

森川看著這個有著一張圓臉、大眼睛帶著野性美的女兒猛搖頭：「直子，妳對妳姐夫就死心吧！修明要是肯要妳，妳姐姐過世後，他就會娶妳了。妳這麼胡鬧，今年都快四十歲了，還不死心找個人結婚！我介紹多少總經理、董事長給妳，個個妳都瞧不上。還害我常接到修明的電話，說妳常去騷擾他。還好妳姐夫嘴巴緊，否則傳出去能聽嗎？妳一個女孩家到底還要不要臉面？」

直子看父親一點也沒幫自己的意思，她頭也不回的衝上二樓，森川看了直搖頭。

直子想，我就收拾一些衣服，給你住上一個月，看你修明能把我怎麼樣？

直子到修明家，她也有一串鑰匙，門一打開，三位歐巴桑不得不笑臉迎接她。

她逕自上二樓，打開客房臥室，聞到絲絲女人香水的味道，再打開衣櫃，果然掛著五件嶄新的睡袍，她在修明身邊安插的女秘書合子說得沒錯。姐夫是有喜歡的女人了！這十年來他從不帶女人回家，這下糟糕了，這個女人一定是他非常喜歡的，這事非比尋常，一定要想辦法阻止。

燒菜的歐巴桑跟她說：「少爺今天晚上在機場吃飯，不會回來用餐。」

直子心裡有數，隨便叫歐巴桑弄些東西給自己吃，然後就去泡香水浴等修明回家。她泡完香水浴，撿了一件薄如蟬紗的浴袍套在沒有穿胸罩的身上，她是非常豐滿的，高聳的乳房簡直是呼之欲出，她就不相信姐夫不吃這一套。

過一會兒修明回來了，直子聽到他跟燒菜的歐巴桑在講話，又聽到他重重的嘆了一口氣。

直子趕緊開了一瓶紅酒，倒了兩杯，自己先喝了一杯，喝得一臉通紅，另一杯等修明來喝。

修明上二樓，直子立刻衝上前抱住他，直喊：「姐夫！我們來喝杯紅酒。」修明冷不防被她一抱，她的身子直貼上來，就往小沙發靠，修明拿公事包抵住她，然後說：「妳看看妳自己這是個什麼樣子！妳像是森川家族的大家閨秀嗎？」

直子搶了公事包，把它扔在一旁，她挺著胸脯說：「姐夫！我們喝杯酒嘛！」

修明大聲說：「不行，我明天還要上班。」

直子一直想再黏過來，修明一閃身，走進自己的臥室，趕快把門鎖起來。

他想，直子誘惑自己七、八年了，但也還有個尺度在，哪像今天簡直是赤身裸體，真是不像話。

直子想肉誘不成，真是又羞又氣，無計可施，乾脆吵死你算了。她把客房的音響開到最大聲，隔壁的修明被她吵得書也讀不下，睡也睡不著。

他生氣的衝出來說：「直子，妳最好自愛一點，左鄰右舍如果告狀，上警局的恐怕是妳，妳真的要讓森川家族臉面盡失，才甘心嗎?!」

直子看這一計不成，趕快把音響關掉。她再使一計：「姐夫！你真的就這麼討厭我嗎？我真的那麼醜嗎？」說著說著，流下眼淚。

修明最怕女人的眼淚，他輕聲的跟直子說：「妳長得一點也不醜，一定有很多男人喜歡妳，何況妳還有這麼好的家世，但妳只能把我當姐夫或是大哥。」然後他聲音再低下來，「妳趕快去換件衣服，要是被歐巴桑看到，成個什麼樣子！」

直子現在改用柔性攻勢，她說：「姐夫，你為什麼那麼愛姐姐，我是她的妹妹，你就一點也不喜歡我？」

修明想起十年前的喪妻之痛，百合的美麗、溫婉、含蓄、善良、仁慈，竟然天不假年，當時他痛不欲生，每日喝酒麻痺自己，只有靠祖母菊子桑的安慰跟勸解，才能度過那一關。

祖母二年後也往生了，她臨終前一再跟他講：「你是軍人的遺腹子，你一定要咬緊牙關度過每一個困境，你是唐澤家唯一的孩子，你一定要堅強活下去，你還正當壯年，要再娶續絃，有人照顧你，我跟百合在天國才能安心。」

直子看修明似乎在想什麼，以為他回心轉意，竟然像蛇一樣的纏住修明的身體，修明拉也拉不開，熱情奔放的直子吻上他的嘴，修明只好閉緊牙關，但又被她肥滿的乳房壓得透不過氣，他用力使勁推開，趕緊進入自己的臥房鎖上門。

修明費盡九牛二虎之力才擺脫直子的糾纏，現在躺在床上卻久久不能成眠，他想的是蘅芷跟她的一切。

直子糾纏了幾天，修明不耐極了，她終於識趣的走了，卻故意把裝有內衣的旅行包留下來。

十

蘅芷回到台灣，修明每天都打電話來，六月一日他又打來對蘅芷說：「日本現在碰上『平成大蕭條』，我們國內說是『平成大不況』，我想縮小公司編制跟投資，汽車業務跟紡織業務都要縮減，還好我跟李明善最大的投資，德州油井生產依舊不減；好了，不跟妳談生意經了，妳什麼時候再來日本？」

蘅芷回答：「不是跟你說好六月初我到中國北京，去看看我投資的房地產，然後給你帶幾十盆芍藥到『紅藥庵』嗎？」

修明迫不及待的說：「我每天都在數日子，妳可要快點來。」

衡芷說：「我從北京辦完事，就直飛東京。」

修明說：「我會去航管局先替妳把花卉在海關免疫科報關。」

蘅芷說：「謝謝你。」

突然修明想起一事：「妳來的時候，剛好李明善從德州回來跟我報告油田的業務，我介紹你們認識，我住家二樓有兩間大客房，夠你們住的。」

第三部

解連環

一

蘅芷到北京，她買的房屋，租賃公司全部幫她租出去，利潤比把錢放在銀行生利息高。辦完了正事，到北京火神廟的花市買了三十幾盆芍藥，此地人潮熙來攘往，俗諺云：「京師花草甲天下，花兒市之花又甲京師。」買好芍藥花之後她就直飛東京。

蘅芷一下飛機，修明已經在機場翹首盼望了幾個鐘頭，她把芍藥花用航空托運，修明公司的兩個司機把三十幾盆的花，放置在一輛貨車上，先送去公司布置；修明跟蘅芷坐另外一部賓士車。今天是司機開車，蘅芷跟修明坐後座。修明癡癡的別著頭望蘅芷，又拉起她的手輕輕撫摸著。

蘅芷說：「你怎麼啦？才一個月不見。」

修明說：「妳不知道嗎？一日不見，如隔三秋。」

「好了！我不是來了嗎？」蘅芷笑著說。

車開了不多久，就到修明家，歐巴桑出來幫蘅芷拿行李。修明帶她上二樓，修明叫著：「明善！你出來，我介紹我的女朋友給你認識。」

另一間客房的門開了，走出來一位滿臉書卷氣，年約三十多幾近四十，頎長壯碩的男子。他對著蘅芷點頭禮貌的微笑。

修明對李明善說：「這位是我的女朋友，叫蘅芷。」他又對蘅芷說：「這是我的股東，也是我最要好的朋友，李明善。」李明善跟蘅芷握手為禮。

修明對蘅芷和李明善說：「我已經在銀座一家很有名的鐵板燒餐廳，訂了三個位子，蘅芷妳如果不喜歡吃肉，可以吃些海鮮和當令時蔬。你們有意見嗎？」

李明善和蘅芷同聲說：「很好。沒意見。」

日本的銀座區燈紅酒綠，高級餐廳林立，是大商人應酬的地方，修明訂的這家餐廳是米其林評點有名的。幽雅氣派的裝潢，又區隔成幾區隱密不受打擾的空間。訓練有素的侍者禮貌的帶位，並請他們點餐。一位頭戴白色廚師帽的主廚客氣的跟他們敬禮；他們三人不約而同的都點了海鮮龍蝦大餐加時蔬。主廚一面煎魚蝦菜蔬，他們一面細細品嚐，修明又點了一瓶年份好的高級紅酒，三人舉杯細酌。喝了一些酒之後，話匣子就聊開了。

蘅芷是一個毫無機心的人，她問李明善：「你跟修明一個在大陸，一個在日本，你們是怎麼認識的？是在哪一年？」

李明善毫不保留的回答：「在一九八三年，文革全面結束，鄧小平領導已經加強改革開放的腳步，他說：『要讓一部分人先富起來』，這跟你們蔣介石帶去台灣的偉大人物，尹仲容說的『藏富於民』大致相同。

我當時在一家國營的紡織工廠任職，剛好修明和一大群日本紡織工會的朋友來大陸交流，修明會說一點普通話，我們又談得很投契，修明問我有沒有考慮自己創業，那年我二十九歲，到紡織工廠已經服務四年，之前我在天津的南開中學教了三年國文，雖然我對教書很有興趣，但是那實在有點像蘇東坡說的『終日奔忙只為饑』，剛好碰到修明鼓勵我自己創業，於是辭職和修明一起合夥工作，想想時間過得真快，十五年都過去了。」

蘅芷很好奇，但又不好意思開口問，聰明的李明善已經知道蘅芷想要問什麼。他說：「妳很好奇我資金的來源是嗎？我告訴妳，我爺爺在民國二十年代是跟綿紗大王穆藕初平起平坐的商場弟兄……」

蘅芷「喔！」了一聲，說：「我知道穆藕初不止是綿紗大王，還是崑曲的名票，他還創辦了崑曲傳習所。」

這時李明善吃驚的問：「蘅芷小姐，妳怎麼知道這麼多？還懂崑曲？」

蘅芷回答：「你們別忘了我是讀中文系，崑曲我在浙江杭州戲院還粉墨登場過。」

修明和李明善異口同聲的說：「什麼時候我們有耳福，聽妳唱唱崑曲？」

蘅芷笑著說：「崑曲是飽吹餓唱，我們現在都已經吃半飽了，要聽等下回還沒吃飯前。」

這時候李明善說：「剛才話講到一半，蘅芷妳一定很好奇，我投資修明的入夥資金哪裡來？對吧！」

蘅芷說：「是啊！你說你爺爺和穆藕初做生意，想必當時一定家財萬貫，可是歷經文革，除了紅五類，哪一家不是忽喇喇如大廈傾，昏慘慘似燈將盡。你怎麼還會有資金入夥？」

李明善笑著說：「這真是要感謝我母親，她一生不買美鈔，不買黃金……」

蘅芷不等他說完，就接著說：「文革時紅衛兵不只翻箱倒櫃，連地上的泥都刨翻了幾層，黃金跟美鈔怎麼藏得住！」

李明善說：「我母親在民國三十年代，就透過關係買有美國ＧＩＡ證書的全美鑽石，比較小的全分給我的姐姐們，我是最小的獨生子，她留了十顆每顆有幾十克拉的ＩＦ全美鑽石，說是以後給我娶親用。」

蘅芷打趣著說道：「你的新娘子可不是每個指頭都要戴一顆幾十克拉的大鑽石嘍？」

李明善對蘅芷說：「妳再亂開我玩笑，就不說啦！」

蘅芷說：「不鬧你了！快說這十顆大鑽石，怎麼沒被搜走？」

李明善說：「到了文革的時候，我家早成了破落戶，空有一個又大又舊的破宅子，就差點被打成黑五類，那時我家用的電燈是昏暗的十燭光電燈泡，有的燈泡都不亮了，媽媽想到一個奇招，叫爸爸把燈泡拆開，就把大鑽石放在燈泡裡面，跟鎢絲捲在一起。整整十幾年我家沒有人敢去動它們。紅衛兵再聰明也沒想到有人會把大鑽石藏在燈泡裡跟鎢絲綁在一起。

一直到八〇年代可以有個體戶，一切商業行為都在鄧小平領導的鼓勵下蓬勃發展。剛好八三年修明兄代表日本團來交流，我就把這十顆大鑽石交給他，請他拿回去日本幫我變現。」

蘅芷說：「你怎麼會把你全部的家當，就這麼輕易的相信才認識不多久的人？」

李明善說：「我會觀人術，而且那次交流我們在一起十幾天，我知道修明兄是個善良的好人。」

這下換修明說了：「明善那十顆幾十克拉的全美大鑽石，我替他賣掉近五百萬美金，他的五百萬美金，再加我的一千萬美金，就是我倆合作生意的本錢。」

蘅芷說：「誰也沒想到壞掉的電燈泡裡纏著鎢絲，會藏有大鑽石，你的母親真是天才。」

李明善說：「因為做生意的關係，我的起居較不定時，所以我的父母都跟姐姐們住，就住在北京，跟我住的地方相隔才一條馬路。」

蘅芷聽他講現況，想必李明善還是未婚的。

修明對李明善說：「下星期一我們一起去公司，會讓你有大驚奇。」

二

他們三人一起走進收藏字畫的樓層，抬頭一看是蘅芷寫的「紅藥庵」三字，已經做了一個烏地描金的橫扁掛了起來。李明善不禁誇道：「妳這瘦金體，想必臨宋徽宗的字很久了。」

蘅芷說：「明善，你過獎了！不過我確是臨了宋徽宗幾年帖，一有機會也讀帖。」

李明善跟修明說：「你看這幾十盆芍藥，蘅芷是下了大工夫買的。」

「是啊！這有的花蕊盛開含露欲滴，有的含苞待放如娉娉嫋嫋十三餘佳人……」修明說。

這時李明善看著這萬紫千紅、千姿百態的芍藥花，輕輕的吟唱起了一首詞：

「**怨懷無託，嗟！情人斷絕，信音遼邈。信妙手、能解連環，似風散雨收，霧輕雲薄。燕子樓空，暗塵鎖、一床絃索。想移根換葉，盡是舊時，手種紅藥。汀洲漸生杜若，料舟依岸曲，人在天角。謾記得、當日音書，把閒語閒言，待總燒卻。水驛春迴，望寄我、江南梅萼。拚今生、對花對酒，為伊淚落！**」李明善吟來抑揚頓挫，纏綿悱惻。尤其是幾個入聲字「託」、「邈」、「薄」、「索」、「藥」、「若」、「卻」、「萼」、「落」聲調鏗鏘，細膩纏綿，愁入無端。

蘅芷聽明善吟完，忍不住輕拍雙手，說：「這首詞牌名《解連環》其實詞中人其感情恰恰是『無解』！紅藥指的就是芍藥。周邦彥善於言情，細膩周至，又解音律，那幾個入聲字被你重重提點，更加深了離別懷人之怨。周清真要是地下有知，真要許你為隔代知音。」

李明善聽了蘅芷的讚美，謙虛的說：「妳太過獎了！不過周邦彥除了通音律，曾提舉樂局大晟府，在詞史他不僅轉移風氣，而且開拓新境，集結北宋自然感發之詞，而開啟南宋以思慮鋪陳之詞的人正是他。」

蘅芷說：「周邦彥把用思力的安排，取代了北宋的自然感發。我的老師有一首七言絕句說：『**顧曲周郎賦筆新，慣於勾勒見清真。不矜感發矜思力，結北開南是此人**。』《解連環》這首詞的詞牌，有個故事，我知道明善兄一定知道，但修明，你可能不知道。」

修明說：「我真的不知道，妳快說給我聽聽。」

蘅芷慢慢道來：「《解連環》這個典故是出在《戰國策・齊策六》：『秦始

皇嘗使使者遺（唸ㄨㄟˋ，贈送之意）君王后玉連環，曰：「齊多知（唸ㄓˋ，即智），而解此環否？」君王后以示群臣，群臣不知解。君王后引椎椎破之……。』解連環即解開玉連環，只能用槌打破，也用以稱讚女子聰慧。這個故事也叫『齊后破環』。戰國時代，齊襄王死後，太子年幼，王后攝政。秦始皇故意刁難齊國，派使者送去一套玉連環。秦國大使狂傲的說：我聽說齊國人足智多謀，不知能否解開這玉連環？齊臣面面相覷，個個手足無措。這時只見齊王后舉起一把鐵鎚，一鎚把玉連環砸了粉碎，然後對齊國使臣說：你們看！我把玉連環解開了！」

蘅芷又說：「解開玉連環的方法，只有把它砸個粉碎，當然只有玉連環碎了，才有得解。」

明善答：「我只是吟一首詞，卻讓我看見妳腹笥深廣。以前的先生說：見與師齊，減師半德，我看妳……」

蘅芷立刻阻止李明善：「你不要把我捧過頭了，我現在連減師半德都還沒有資格！」

修明說：「你們兩個別爭了！我倒是學了不少。」他也有一些中國文化素養，但是像蘅芷和明善這麼契心侃侃而言，他卻插不上話。

天色漸漸轉黑，修明說：「我們今晚去吃西餐好嗎？」

蘅芷跟修明點頭為應，同意修明的提議。

三

三人吃完西餐回到修明的家，夜色已深，三人各自回房就寢。蘅芷漱洗完後，打開衣櫥，除了有三件絲質和服內衣是修明準備給自己的，在衣櫥的角落裡，赫然發現有一個女用ＬＶ旅行包，此時她心中一凜，這是誰的呢？這個豪華的女用旅行包給她無邊的想像，當然也帶著淡淡的愁慮和輕輕的不悅。

她深信修明不是一個拈花惹草的人。只要問歐巴桑或修明本人，馬上水落石出，但這不是她的行事風格。認識修明到現在已經有三個月了，雖然不算長，但幾乎每天修明都會打電話到台灣來，如果是快三拍的人，已經都可論及婚嫁了。

蘅芷輾轉反側想著那個旅行包的女主人，眼睛瞪著天花板，幾乎到凌晨兩點才睡著。

第二天早上九點，修明跟李明善要一起去公司上班，他們要討論德州油井的投資事宜；但是一直未見蘅芷下樓，修明跟李明善都有一點緊張。

李明善說：「蘅芷該不會是感冒吧？」

修明對李明善說：「你等我一會兒，我上樓去看蘅芷到底怎麼樣了！她平常七、八點就起床。」他轉身就踏上階梯，直往樓上跑。喘口氣，敲了三下門，蘅芷遍滿了血絲的眼睛，睡眼惺忪的來開門。

「蘅芷，妳怎麼了？眼睛怎麼這麼紅？妳昨天沒睡好嗎？」

「不曉得怎麼回事，昨天到深夜二點多才睡。」蘅芷眼睛向衣櫥瞄了一眼，修明不知就裡，只是不解蘅芷為何失眠。

修明體貼的說：「妳如果現在要吃早餐，我就請歐巴桑端上來，如果還要睡回籠覺，就繼續再睡，等睡飽了再來公司找我，我跟明善先到公司開會。」

「我早餐就不吃了，想再多睡一會兒，晚點到公司找你們。」

「好，不過出發前要先吃點東西墊底。」

蘅芷想這個男人處處這麼體貼，他應該不是會腳踏兩條船的人；想著想著又朦朧睡去。

一覺醒來已經下午三點多了，歐巴桑準備中式餐點給蘅芷吃。蘅芷請等在家裡的司機載她到修明的公司。

一到修明的公司，正巧修明、李明善和公司的高階人員正從會議室出來。看修明和李明善的臉色，剛才應該有一場商業上不同意見的辯論。

修明說：「對不起，蘅芷，我跟明善還有一些公事有不同的看法，妳先到『紅藥庵』那層去逛逛。」

這時明善趕緊插嘴說：「我們的公事給蘅芷知道也沒有關係，說不定她會給我們一些意見。」

「好吧！那就去我的辦公室談。」修明說。

三人坐定在修明的辦公室，女秘書端來了三杯傳出濃郁香味的咖啡。

蘅芷問：「是發生了什麼事，你們好像有不同的看法？」

修明想了一下開口說：「今天我們一到公司，德州油田管理階層就來緊急電話告知，本來源源不絕出油的二號井，突然有噴泥的現象，這是非常危險的，可能要封閉二號油井。」

修明皺著眉頭繼續說：「我知道你們說的都有道理，但是現在正是『平成大蕭條』，我在日本的投資不僅獲利減少，最近還被倒了一筆很大的帳，只有投資在德州的石油獲利最多，算是這項撐著公司業務而且還有盈餘。假如現在就封閉德州二號油井，我就沒有任何進帳，只除了這三層樓的租金收入。

再加上我的紡織工廠最近又要添購一些新機器，這筆費用相當可觀，看來只有變賣這幾層樓。我不想向丈人開口，實在已經欠他老人家太多了。」

明善想了一會兒開口說：「中國這幾年大國崛起，我在國內投資的各項產業，包括房地產、互聯網、通訊業、國內外礦產的投資，都大有斬獲——修明！你不要喪氣，現在是我應該報答你最初幫我變現鑽石，又讓我投資這個大恩情的時候了。」

修明用感激的眼神看著李明善，一切盡在不言中。

蘅芷心裡想，天底下這麼知恩圖報的人應該不會太多，她用尊敬的眼光朝向李明善。

李明善看修明不說話，他直接了當的問：「修明，到底你的所有企業需要多少錢周轉？」

修明拿起大辦公桌上的計算機算了一下，然後說：「至少要兩千萬美元。」

李明善立刻說：「沒問題，我馬上打電話叫我堂弟把錢匯出來，不過這還有一些政府規定的手續要辦，最多二個月就可以收到錢。」

修明接著又說：「德州油田再開採的投資計畫，我就不投資了。」

李明善急著說：「這怎麼可以！這樣好了，投資的錢全部由我來出，股份你我一人一半，你的那一半股份付我銀行利息就行。」

修明感激得說不出話來，眼睛有點泛紅。

李明善說：「不瞞二位說，我現在的身家至少有五十來億美元，所以借你二千萬美元實在不是大問題。」

見天色已黑，修明說：「我們今天就回家吃晚餐好嗎？」

蘅芷和明善異口同聲回應：「好啊！常常吃外面也吃膩了。」

三人回到家，煮飯的歐巴桑已經燒了一桌子的中國菜；有麻婆豆腐、螞蟻上樹、紅燒茄子、粉蒸肥腸、清炒芥藍、香根牛肉絲，還有一盆雜菜粉絲煲。

蘅芷跟明善對修明說：「真是太豐盛了，難為了歐巴桑，不僅日本料理道地，這些中國菜看起來也十分可口。」

修明說：「中國菜她也是下過工夫的，她陸陸續續花了兩年的時間去學了滿漢全席，這些只是雕蟲小技。好了！我們快來開動吧，等一下飯菜都涼了。明善，本來我的紡織工廠就要被合併了，現在有你資金的注入，我可以不賠錢，不過這幾天比較忙，蘅芷就讓你陪她去玩。」

李明善說：「沒問題！我可以在日本有十天的假期，然後再回德州。」

修明問：「你離開北京公司那麼久，沒關係嗎？」

李明善回答：「我把公司業務都交給堂哥，堂哥學的是理工，堂嫂學的是會計，她管所有的帳，其實我是很輕鬆的。」

修明羨慕的說：「有同姓堂兄弟真好啊！」

四

蘅芷吃完飯回到二樓的大客房，沐浴完畢，打開衣櫥換睡衣，衣櫥角落的那個LV女用旅行包，無言的向她挑戰。她真想去打開它，看個究竟，但自尊心並不容許自己這麼做。

第二天醒來修明已經去上班了，李明善正準備吃早餐，他看蘅芷下樓來，趕緊親切的招呼她說：「快來用早餐，我也正準備大快朵頤。」

兩人用過早餐，李明善問蘅芷：「這幾天修明為事業忙得不可開交，要我帶妳去玩，妳想上哪去？」

蘅芷想了一下說：「我想去京都、奈良、還有比叡山。」

李明善說：「真巧，我還沒來東京前已經申請了去京都『西芳寺』的許可證，它是世界文化遺產之一，位在京都比較偏僻的一隅，不過沒關係，事先工作我都做好了。我們先搭新幹線，然後到京都再搭計程車去。」

蘅芷笑著說：「走路我沒問題，想必這『西芳寺』一定與眾不同，院方兢兢業業的保護它，要提早申請才能進去，『西芳寺』裡一定很不尋常。」

李明善說：「妳去了自然就知道，現在我們各自收拾簡單的行李就出發。」

蘅芷點點頭，上樓去收拾行李。

兩人搭了新幹線在京都下車，其實也有巴士可以搭，但李明善叫了一部計程車。到了「西芳寺」門口已經擠滿了人，兩人依序入內。

他們先到「池泉之庭」。現在是盛夏，只見池內荷葉如蓋，紅中帶粉的大賀蓮怒放，綠色的蓮蓬和黃色的花蕊，根根可數。接著到「築地塀」，只見白色黑瓦的牆壁，種滿了綠色盎然的幾叢大樹。

李明善說：「這寺本來是古代飛鳥太子的別墅，後來由奈良時代的行基法師，開創屬於法相宗的『西芳寺』，這中間荒廢了很久，一直到一三三九年由夢窗疏石法師再興建。現在的『西芳寺』是祭拜阿彌陀佛的臨濟宗寺院。這整個庭園是夢窗疏石法師所設計的，庭園分為兩部分，上段是枯山水庭園，下段是池泉迴遊式庭園，我們到現在還沒看到真正的青苔景色。」

走著走著，他們來到了黃金池，池裡有鶴島、龜島、留石。池邊覆蓋著厚厚的青苔，這些青苔彷彿層層相疊綠色的厚棉被，已經在那裡生長幾世幾劫了。

蘅芷看了不禁引起了詩興，她說：「日本的《萬葉集》有首詩道：『**伊人芳名垂千古，直至幻松染濃苔。**』用苔表示時間的長久，又把這種意象用在情思中，實在很精采。」

李明善接口說：「妳知道嗎？《萬葉集》最有創意的情思，是把苔和枕結合在一起，如『**潔布鋪枕上，孤影對枕間。戀君君不見，枕上滿苔茵。**』」

蘅芷回答說：「的確是這樣，情人之間思念的心，像古人說的：離別一日，如隔三秋。這就像寂寞籠罩了孤獨的影子，漫漫長夜，確實難熬。」

李明善像遇到知音似的，說：「中國的詩詞裡也有詠苔蘚的句子，像漢代才女班婕妤，說：『**中庭萋兮綠草生，華殿莊兮玉階苔。**』中國的士大夫如不得志時，漫延著一股悲劇意識；苔蘚與班婕妤，班婕妤與苔蘚，恰恰反應了中國士大夫最貼切的遭遇和感情。」

蘅芷點頭說：「你闡述得真好。」

兩人一邊講一邊走，像知己似的討論他們讀過的詩詞，走著走著，已經走到「霞中島」的三尊石組旁邊。只見深淺不同的深綠、淺綠的濃苔像是幾百年沒有人跡踏過，它們爬滿了幾株大樹的樹根，厚厚的覆蓋了這三尊靜悄悄在這裡似乎有千百年的石頭。

兩人在「西芳寺」遊賞幾個鐘頭，又到奈良和比叡山玩了幾天，兩人唸的都是中文系，有談不完的話題。不過蘅芷心裡惦著修明，想他這一陣子事業這麼不順，現在也不曉得處理得怎樣了。

她跟李明善說：「我們出來逍遙了好幾天，修明公司業務不知處理得怎麼樣了，我很惦著，咱們也該回去了。」

五

一回到東京，李明善跟蘅芷先到修明的辦公室，只見修明臉憔悴許多，滿眼通紅，布滿了血絲，鬍鬚渣子亂長一通，原來俊秀的臉龐全走了樣，蘅芷看了忍不住哭出來，急急抱著修明問：「你發生什麼事了？」

修明垂頭喪氣的說：「沒想到銀行這麼勢利，知道我周轉不像從前那樣方便，就急急來抽我銀根，我實在無法可想，只好跟丈人調，但他老人家早已退休，已經把所有產業都交給小舅子們，我一個做人家姐夫的，自己不善經營，怎麼好拖累他們，老丈人把自己三百萬美元的私房錢，借給我周轉，不過實在是杯水車薪……」

還不待修明講完，李明善急急的問：「你到底還需要多少錢才能過關？」

修明嚅嚅的說：「至少還要五百萬美元。」

李明善說：「我現在就叫堂兄滙一千萬美元來給你，先把跟老人家借的三百萬美元還他，剩下七百萬美元，你去周轉，這樣夠了嗎？」

修明忍不住抱著李明善的肩膀，感激到啜泣起來說：「明善！我要幾輩子才能還你的大恩大德！」

李明善不忘本的說：「修明，我能有今天，也是靠你當初的提攜，你千萬不要急著還我錢，現在中國已崛起，我要再賺幾億美元，也不是什麼難事。你要靜下心來，好好處理你自己投資的事業，不要忘了，我就是你的後盾。」

蘅芷在旁看到這兩個大男人真摯的友情，也不禁感動紅了目眶。她上前緊握他的手說：「修明，你的事業我不懂，但是這段期間我至少可以替你解解愁，你有什麼難過的事，就全部倒出來說給我聽。」

李明善說：「修明，我們都可以當你的聽眾，尤其是蘅芷，把你心裡垃圾全部倒出來，會好很多。」接著又說：「你忙，明天我就回德州處理油田的事。」

李明善從德州打電話來關切修明公司的狀況。蘅芷略帶苦笑的說：「修明告訴我，他這幾個月會忙得不可開交，所見的都是生意人或股東，他們談的都是非常複雜生意上的事，我既聽不懂，更幫不上忙，我如果還待在東京，會對他絆手絆腳。等你回北京，我可以去北京住上幾個月，等過完舊曆年再回台灣也沒關係，我現在唯一的親人就只有紹竹乾爹，或許也請他來北京懷舊。」

李明善說：「我曾聽修明說，妳在小的時候認了一個乾爹，很疼妳，他有一個弟弟失散半個世紀，到去年才相見，卻又隨即往生；妳就請他到北京來吧，跟太太一起來過年。聽說妳紹竹乾爹的弟弟紹筠，是李彌在淮海戰役兵敗後逃到雲南、緬甸、泰國的那一隊異域孤軍之一，在兄弟相認不久後就過世了，他有個終身雲英未嫁的未婚妻杜若，孤身一人住在倫敦。

如今黨高層極力提倡復古，到過舊曆年，那時候北京可就熱鬧了，妳不妨也邀請杜若來北京過年，妳乾爹跟杜若他們都是老北京，應該會很高興。我過幾天就回北京。」

六

蘅芷跟修明說，他既然忙東京的事業，不如自己就到北京跟李明善過舊曆年，修明一口答應，他知道李明善會好好照顧蘅芷的。

修明給蘅芷訂了一週後的機票去北京。

蘅芷到了北京，李明善早已笑嘻嘻的等在機場。他連忙叫司機幫蘅芷把大大小小的行李拿下。他跟蘅芷說：「先到我家把行李安頓好，明天再帶妳去公司參觀。」

蘅芷馬上就打電話到修明的家，接電話的是一個她不認得的嬌滴滴的聲音，她隨即把電話掛了。這不能不使她有聯想，但是她是相信修明的。

她又撥電話到修明的公司，這一次是修明接的，修明聽到蘅芷的聲音，迫不及待的說：「蘅芷！妳一走我就開始想念妳，但是我這裡的事情，如亂麻一般，妳如果回來，恐怕我也沒有時間招呼妳，妳還是留在李明善那裡，我知道他有很多兄弟姐妹可以招待妳。」

「好，沒問題，我就在北京住上一陣子，等你的事都忙完了，我再回日本。」

「好的，我隔一兩天就會給妳打電話，妳不用為我的事操心。」

蘅芷說：「我也會每天打電話給你。」

李明善的家在二環，是一幢全新的四合院；蘅芷心想能在這種地段蓋一幢這麼大的四合院，可見財力是相當雄厚的。六個穿白上衣黑長褲的女傭，一字排開大聲叫：「大小姐好！」

蘅芷趕緊回答：「大家好。」現在她仔細看了一下李明善，問道：「明善，你怎麼曬得這麼黑？」

李明善說：「今年的德州天氣很反常，到十月底還跟盛夏一樣。」

蘅芷掩著嘴笑著說：「要是不認識，還以為哪來的黑人呢！」

李明善這座四合院是精心設計的，雖然是水泥蓋成，但屋頂上全披上茅草，現在已經是秋季了，草色皆黃。在水泥大樓林立之中，別是一番天然景緻。他們往正堂屋走進去，想不到在堂屋的右後側，有方半畝大的荷塘，現在僅剩幾枝殘荷，讓一池萍碎圍繞著。

原來這只是第一進，這後面還有一方天景，地上立了一大一小、有幾尺高的石筍，還種了近百竿的修竹，竹梢隨風搖擺，傳出無限風情，穿過這叢修竹，才到後進廳堂。前面是大廳，擺滿了一堂梨花木家具，後進才是餐廳，又是一整堂的桃花心木家具，餐桌是十二人座的桃花心木大圓桌，左右兩旁早已站了兩位廚娘在等候；李明善的堂兄李明德和他的太太何晴碧也在等他們兩位入座。

李明善對堂兄堂嫂說：「你們叫她蘅芷就行。」

蘅芷看李明德跟何晴碧都是四十幾歲人，李明德長得很俊秀，何晴碧也明豔照人。李明德跟蘅芷說：「妳叫我明德就是。」

何晴碧也緊接著說：「蘅芷小姐，妳叫我小晴就好。」

蘅芷點點頭說：「你們一家都好善良，叫我蘅芷，別再那麼客氣。」

蘅芷看一整桌布滿了江浙菜，她喜歡吃江浙菜，一定是修明告訴李明善的。在北京吃江浙菜不是太容易，可見李明善的用心。

李明德看著李明善說：「明善，你這次在德州待那麼久，曬得都快跟黑人一樣了。」李明德的口氣十分不捨。

何晴碧問道：「那邊油田的狀況出油量怎麼樣？」

這時李明善的臉上浮上了陰霾，他對著蘅芷說：「我現在講的話一定不能讓修明知道，妳要牢牢記住。」

蘅芷點點頭，但她心裡已經充滿了不安。

李明善臉色沉重的說：「我跟修明投資的二號油井，本來出油量很正常，但從三個月前起就有逐漸衰竭的現象，我們公司聘請的專家顧問說，這二號油井頂多再半年也就要歇井了。這件事千萬不能讓修明知道。『平成大蕭條』已經把修明搞得焦頭爛額，現在他唯一有大收入的油田即將要歇井，這豈不是要修明的命嗎？」

李明德看這氣氛實在太凝重了，趕緊說：「明善，你太累了，我們北京公司不僅營運正常，而且投資澳洲的礦產股已經掛牌上市，實際上賺了不止幾個億人民幣，你要好好休養一陣子，現在正是西山紅葉最美的時候，你就帶蘅芷小姐去玩幾天吧。」

李明善此時臉上的陰霾已除去：「我知道我們北京公司的資產總額在三百億人民幣以上，就算修明完全破產，我也能幫他重整旗鼓，大不了一百億人民幣分他就是。」

李明德夫妻倆不作聲，但蘅芷心裡想：天底下哪有這麼好的人。

李明善接著說：「最開始修明用最好的價錢幫我賣掉鑽石，接著替我投資又賺很多錢，我才把賺到的錢拿回來北京創辦『善德集團公司』，沒想到我們國內剛巧一片大好，而沒幾年日本經濟就泡沫化。我就是給修明一百億人民幣，也還有兩百億人民幣，足夠供我這一輩子想要做的事了。」

李明德搶著說：「蘅芷小姐，明善不是立志要賺大錢，而是發願要做大善事，但沒有錢就辦不了任何事……」

蘅芷說：「說得好。古人說錢是阿堵物，但要做好事非錢莫辦。」

李明德說：「正是這樣，妳知道嗎？明善九〇年代就在北京近郊，西山腳下，辦了一所學校，在貴州也辦了一所，收容小學和中學生，兩所學校加起來大約有三千多人，都是收容孤兒或單親小孩。」

蘅芷吃驚的說：「有這麼多的學生啊！」

李明德又接著說：「學校不僅供應他們膳宿，還給他們一點零用金，老師都經過嚴格的甄選，要品德兼備，有耐心，有愛心，才能來授課。」

蘅芷問：「這麼龐大的費用從哪裡撥出來？」

李明德回答：「明善從每年的盈利所得提撥十分之一作善款，成立基金會，我們不只是辦學校，而且從社會部調出資料，給那些窮苦的人每月發放慰問金，補貼家用，如果臨時有大型的災難，我們基金會也會提撥款項緊急救助，因為基金會處理的事務非常繁瑣，所以我請了兩位堂弟跟一位堂妹來幫忙。」

李明善忍不住說：「明德，你別一直在那裡歌功頌德，我聽了都臉紅！大家快吃飯吧。」

蘅芷仔細觀察明善、明德跟小晴，她發現李明善掉下二、三顆飯粒在桌上，立刻用手撿起來吃，小晴夾青菜不小心掉了菜葉，也馬上用筷子撿起來放進嘴巴裡。而且她發現他們家全用公筷母匙。

李明德吃完飯拿起放在一旁的小茶壺，倒出一些開水把碗搖晃一下，再把這湯水喝下去，他的碗乾淨得很，就像洗過一樣。他知道蘅芷在看他的動作，便說：「蘅芷，妳看我們吃飯很奇怪嗎？」

蘅芷回答：「一點也不奇怪，我們花蓮精舍的師父就跟你一樣，把碗洗得乾乾淨淨再喝那湯水；我自己也是撿不小心掉在桌面的食物吃，我的餐桌上有一塊防熱玻璃墊著，但我請管家只能用清水抹布擦桌上的玻璃，絕不能用清潔劑擦玻璃。」

李明善說：「我教妳一個方法，妳可以用淘米的水清洗抹布，再擦桌子或玻璃，淘米的水是最好的清潔劑。」

蘅芷說：「是啊！我想起來了，以前媽媽都是把淘米的水儲存起來洗東西。」她發現李明善他們吃飯都很快，差不多二十分鐘左右就吃完，然後讓幾個管家一起上來吃，這時飯菜都還是熱的，這家人待下人真的很好。下回見到修明要叫他學一學。

七

李明善帶蘅芷去參觀他在郊外香山旁邊辦的慈善學校，這座學校由好幾棟大樓合成，有寬廣的運動場，旁邊還有一個可以培養世界級選手的游泳池。

蘅芷很好奇的問李明善：「你說學生才有一千多人，為什麼蓋了這麼多棟大樓？」

李明善笑著回說：「這所學校收容的不是孤兒，就是清寒或者單親家庭，所以我蓋了這麼多校舍，就是要他們全體住在宿舍裡，而且我要三百多位老師輪流住校，就是想讓孩子有『家』的感覺。」

蘅芷說：「你想的真周到，如果每個有錢人都像你這樣回饋社會，那就真正達到世界大同的境界。」

李明善面向蘅芷說：「我知道，修明每年也有提撥一大筆款項做社會福利。」

蘅芷回答：「修明也是一個很有愛心的人，只是他想得沒有你周全，而且財力也不能跟你比。」

這時校鐘響了，是正午十二時。

李明善說：「我們就在學校用午餐吧，菜色不比外面的餐館差喲。」

蘅芷笑著說：「好啊！就當我是來考察學習。」

李明善帶蘅芷走向有餐廳的那棟大樓，只見老師帶著學生魚貫入內，一會兒一千多位學生跟四百位教職員都坐定了，學生個個穿著筆挺的制服，看得出來那是很好材質的布料做出來的。

學生跟老師都向李明善頷首為禮，李明善也向大家揮手答禮。

廚師穿著整潔的白衣白帽，陸續把菜端上來。蘅芷一看果然不比外面的餐館差，是色香味俱全的六菜一湯。用餐時一千多個老師跟學生悄然無聲，蘅芷吃得津津有味。

用完午餐，李明善說：「我們現在就去逛香山吧。」

兩個人腳程大約四十分鐘，就到了玉泉，香山在玉泉之西，西山八大處之北。現值秋季，滿山遍野皆是紅似二月花的楓樹，如織如錦。但一路上花草皆呈凋零之貌；這時候李明善唸了兩句曲文：「**原姹紫嫣紅開遍，似這般都付與斷井頹垣**。」蘅芷不由自主的接下去：「**良辰美景奈何天，賞心樂事誰家院？**」隨後兩人黯然無語。

李明善嘆了一口氣隨後說：「我們再往北走半個鐘頭就會到『鬼見愁』。」

蘅芷好奇的問：「什麼是『鬼見愁』？倒像武俠小說中的名字。」

李明善回答：「『鬼見愁』本來的名字叫『乳峰石』，是香山的主峰。」

兩人一邊走一邊閒聊，一會兒工夫，就到了「鬼見愁」。

李明善說：「這裡就是香山的主峰，形勢險峻，妳看！往我的手指方向看去，山頂有兩塊巨大的石頭……」

還不待李明善說完，蘅芷搶著說：「它們的樣子多麼像香爐啊！」

「不錯，這就是『香山』名稱的來源。」李明善笑著說。

蘅芷往山下一看，雲霧瀰漫，一片蒼茫，她說：「你看，那永定河細如白鍊，蜿蜒西南。」

李明善回答：「妳看更遠處的蘆溝橋有若長虹，清清楚楚，玉泉、萬壽諸山無不歷歷在目。」

兩人在山上盤桓約二、三個鐘頭，蘅芷看天色已漸昏暗，她對李明善說：「天色已晚，今天玩得很盡興，我們就打道回府吧。」

李明善說：「我明天帶妳到一個更好玩的地方。」

蘅芷興奮的問：「還有更好玩的地方?!」

李明善點點頭說：「先賣個關子，妳明天就知道了！」

第二天，一吃過早飯，李明善就帶蘅芷到崇文門外花市，他說：「妳看！梨園行戲裝上的絨花，都是由這裡的絨花鋪供應。」蘅芷一看，絨花鋪的師父個個在忙紮佛前花、乾鮮果子花、蜜供花，還要攢名角頭上戴的五福捧壽、恨福來遲，各式各樣的絨花，這些花密密麻麻，一排一排的插在秫秸桿糊的紙匣子裡。

李明善說：「這些東西早在文革前就被破壞得一乾二淨，這是前兩三年，上頭領導去尋到以前的幾個老匠人，才把這些東西恢復起來，妳不要真以為，這是從民國初年延續到現在。」

蘅芷吃驚的「哦！」了一聲。

李明善說：「現在又流行復古風，富家少奶奶來買絨花當然是精挑細選，瓊花九色，顧眄便妍，只要式樣別緻，不怕價錢高。北京做絨花手藝的匠人，披錦燃金，技巧橫出的手法，是讓上海香粉弄一帶做絹花、絨花的店鋪只有嘆為觀止了。」

蘅芷說：「等紹竹乾爹來，一定要帶他們到這裡玩。」

兩人逛了一個下午，蘅芷覺得每樣都很新鮮。

李明善說：「妳如果有興趣再來看。現在天已經黑了，我們回去吧！」

八

李明善帶著蘅芷玩了大約一個星期；這天一早，他跟蘅芷說：「我回來都十幾天了，今天該到公司一趟，妳要不要跟我一起去？」

蘅芷笑著說：「我知道松鶴樓斜對面那棟三十層的大樓，整棟樓都是你的辦公室。」

李明善說：「是誰告訴妳的？還真有點多事！」

「是明德告訴我的，怎麼啦？」蘅芷不解的問。

李明善說：「我不過是趕上鄧小平領導說的『先讓一部分人富起來』的計畫型經濟政策下的得利者，有什麼好這樣沾沾自喜的。」

「明德只是簡單的介紹你的公司，並沒別的意思。公司我就不跟你去了，我今天在家好好打個電話跟修明談一談。前幾天跟他講電話，他總是心不在焉，匆匆忙忙的就掛斷了。」蘅芷憂心忡忡的說。

李明善再一次叮嚀蘅芷說：「德州二號油田不再出油的事，妳千萬不要讓修明知道。」

蘅芷點點頭。

蘅芷打電話給修明，跟他說李明善這幾天帶她走走玩玩的事。她也問修明的事業有無進展，但修明答得支支吾吾的，她就不再多問。

和修明講完電話，蘅芷走出餐廳，她想看看整個四合院。聽李明德講，他們這個四合院共有二十四間房間，是一座大型的四合院，共有四進深。她信步走著，這座四合院由正房、廂房、耳房、垂花門和遊廊圍成。垂花門內，是第二進的房舍，她知道這是李明善的臥室和書房。臥室門是關著，書房的門倒是敞開著。蘅芷想，和他們全家都這麼熟稔了，書房不是看書就是寫字的地方，應該沒有什麼禁忌。她信步走到書房內，這書房相當大，一面是一扇大窗，緊靠著一張梨花木大書桌，其他三面書牆，直到屋頂齊，這書牆又有兩層，旁邊還有一個小走道，有移動樓梯可以上去找書。

她看李明善跟她自己所看的書，有很多是一樣的；她對這個男人更好奇了，他書桌上攤開一本書，這是《蕙風詞話》裡況周頤說的一段話，這段話他用綠色的螢光筆重複畫了幾道，這段話是這麼說的：「**吾聽風雨，吾覽江山，常覺風雨江山外，有萬不得已者在，即詞心也**。」接著他用黑色的原子筆寫了自己的一段話：「人心也，吾聽風雨吾覽江山，江山風雨外，實有萬不得已者；或緣慳一面，或綠珠許人，或更有甚者，豈可負於至友夫……」寫到這裡筆跡很模糊，蘅芷心裡突突的跳個不停，她覺得自己像個賊似的，要趕緊逃離這間書房，猛然間她一抬頭，在牆壁的空白處，掛了一張條幅，寫的正是周邦彥的《解連環》，那字體正是自己最愛的瘦金體。最後題著款寫著：李明善於戊辰年恭書。

蘅芷想起來幾個月前，李明善吟唱《解連環》是那麼絲絲入扣，韻味無窮。她今天就像一頭小鹿，無意間闖入了李明善的心靈禁地。

九

到了過年前，譚紹竹夫妻飛來北京，李明善跟蘅芷都到機場接機。路過琉璃廠，早已舊貌全無，譚紹竹不禁流下了老淚唸著：「**有鳥有鳥丁令威，去家千年今始歸。城郭如故人民非，何不學仙冢累累。**」

他說：「我從民國二十七年離開北京，到今年民國八十八年整整六十一年了，不僅人民城郭一切皆非，實在令人感傷，啊！我今年都八十整了，什麼都不在了！從前的一切什麼都不存在了！」他邊拭著淚水邊說：「這哪裡是以前的琉璃廠啊！連個影子都不像了！我少年時的玩樂，青春時期的嘻笑，全成了夢幻泡影，想捕捉一點回來，都已像是隔世的事。妳春桃姨小我五歲，是南方人，而且人生才開始五年，比較沒有感傷情懷。現在我只有和妳杜若姨，是可以白頭宮女話當年！我們對這裡的記憶，全化為傷感和嘆息啊。」

蘅芷說：「杜若姨今年也七十七了，不過公司給她一筆養老金很優渥，她一輩子空等紹筠叔，想到這裡，真覺得她的人生很淒涼孤單。趁這幾年她身體還健朗，應該到處多走動走動，乾爹！你們這一輩人，生在亂世，不是逃荒，就是在苦難與希望和失望中度過，您和春桃姨除了台灣住住，也把杜若姨請來北京住，算是補回你們這一生的愴痛和流離吧！」

李明善說：「紹竹叔、春桃姨你們也別太失望，在一九八六年政府已經恢復了古文化街，興建了一批仿古建築，並將它們劃為步行街；廠甸廟會也將在今年恢復。」

譚紹竹說：「蘅芷妳快打電話，叫妳杜若姨來北京長住，她也寂寞冷清那麼多年，我想我們身子骨都算強健，再快快樂樂的活個一二十年應該沒有問題，何況她父母也都不在了，我們就是她唯一的親人。」

這時李明善靈機一動，他說：「第三進的四合院都空著，紹竹叔、春桃姨、還有杜若姨來了，我派兩個老媽子給你們用，這就是你們北京永遠的住所。」

一九九九年的春節，杜若從倫敦飛來北京和大伙兒共度春節，還遊了廠甸廟會，大家都玩得興沖沖的，尤其是譚紹竹跟杜若。

譚紹竹說：「我們有說不盡的滄海桑田之感，尤其是杜若，等了紹筠一輩子，更顯得孤單。」

李明善說：「杜若姨，妳把我當兒子，我要侍奉妳到一百二十歲，然後再變成一隻贔屭把妳駝上天去。」

杜若跟蘅芷聽了都不禁拍掌大笑，蘅芷笑岔了氣對李明善說：「你還真會哄杜若姨，你這是哪門子的賈寶玉！」

李明善回蘅芷說：「就妳能讀《紅樓夢》，杜若姨不是黛玉，妳更不像黛玉，我做一回賈寶玉，妳又奈我如何？」三人哄堂大笑，連幾個老媽子雖聽不懂，也全都笑歪了。

蘅芷更加油添醋的說：「我告訴你們，贔屭長得就像烏龜！」杜若笑得眼淚都流下來，李明善笑得差點閃了腰。

十

隔天蘅芷打電話給修明，不過日本人過的是新曆元旦，新年早就過了，他還在整頓他的企業，蘅芷感覺到修明的企業並沒有改善的樣子，她也不再多問，免得他傷感。

過了正曆一月，李明善對蘅芷說：「其實我這輩子都不用再賺錢，錢也花不完，但是修明不一樣，我知道他在日本的事業幾乎到了破產的邊緣，所以德州的油田已經不產油的事實不能讓他知道，我要跑一趟德州，從新開始再找能出油的油田。」

蘅芷問：「找到能出油的油田，要多少時間？」

李明善說：「這可說不準，運氣好的話，一鑿下去就能挖到油，運氣不好的話，就是挖了十幾年也不出一滴油，這是一種風險很高的行業，但相對的，獲利也很高。」

蘅芷說：「你這一趟到德州，我跟你一起去，其實我很操心修明的事業。」

李明善安慰她說：「就算修明真的全破產了，我只要拿我五分之一的資產給他就全活過來了。」

蘅芷說：「我在這裡先謝謝你的好意，但是修明不是一個想不勞而獲的人。」

一個星期後，蘅芷和李明善一起去德州。在飛機上，他們有十幾個小時的共處；在第二次進餐後，他倆都要了一杯咖啡，兩人開始閒聊。

蘅芷有點怯怯的問：「去年你在『紅藥庵』，我第一次聽你吟誦《解連環》；雖然我聽過無數人吟唱過，但論感人及韻味，你是數第一。

去年底我在你的書房，發現十幾年前你寫的《解連環》，剛好也是我最喜愛的宋徽宗瘦金體；你書桌上攤開用螢光筆重劃了無數次，況周頤講的那詞話，其實也是我心裡要講的。」

李明善感嘆的說：「況周頤是在評詞，但他說的『**吾聽風雨，吾覽江山，常覺風雨江山外，有萬不得已者在，即詞心也。**』說的是詞話；但人世間的事，有萬不得已者，實在很多……」說到這裡李明善戛然而止。

蘅芷的心突突跳著不停，她真怕李明善再說下去。再仔細望一眼李明善，一股鬱抑落寞之情寫在他臉上；這絕對不是事業做得這麼紅火，有幾百億人民幣身家的人應有的表情。

到了最後一次用餐的時間，李明善對蘅芷說：「吃完飯就睡覺吧，到了德州才不會太累，我怕妳有時差。」

蘅芷說：「你放心好了，我倒頭就能睡。」

李明善放了心，說：「那就好！」

蘅芷一邊喝咖啡，說出了最大膽的問句：「明善，你事業這麼成功，年紀也老大不小，都四十三、四歲了，怎麼還不成家呢？至少修明在二十六、七歲就成家，只可惜他夫人命短，但好歹他也結過一次婚……」

李明善嘆了一口氣說：「當年我唸中文系，我以為會碰到詩詞裡頭的佳人，哪知道，那些佳人只住在書裡頭。後來開始做事，一來工作太忙，二來發現怎麼女人都這麼俗氣，不是比豪宅就是比名牌、比車子，再來就是比丈夫。雖然她們要的那些我都能供應，但是她們實在太俗氣，連句話都談不上，別說一輩子，就是連一個小時在一起，都嫌累！真是無一語可共言。雖然人家介紹有好幾個比女明星還漂亮，但是實在無法談心。」他大概說到忘情處，竟然用輕得聽不到的聲音說：「遇到了，卻不該是我的。」

十一

德州終於到了。

李明善把蘅芷安排在高層主管的宿舍大樓，他對蘅芷說：「我這棟大樓是請專門蓋旅館的專家蓋的，在這像沙漠的地方，我要讓人住起來有賓至如歸的感覺。妳只要按一下叫人鈕，立刻有人送東西給妳，不管是吃的或用的。」

蘅芷笑著說：「這趟像旅行，哪像做生意考察業務。」

李明善別過頭去，輕輕的喃喃自語說：「但願這是一趟旅行……」接著又大聲說：「妳明天休息一整天，我就不來吵妳了。後天我再來接妳。」

第三天吃完早餐，李明善就來按門鈴，蘅芷都已經穿戴好了，她也很想知道，修明在德州的事業有沒有轉機。

李明善手裡拿著一個小盒子，他跟蘅芷說：「等一下我們要乘小直升機，我怕妳頭暈，給妳準備了暈機藥。工程師報告說，三天前鑽探現場發生火災，剛剛才熄滅！」

蘅芷連忙搖著手說：「我從來不怕暈車暈機的。不過火災現場雖然熄滅，但狀況還好嗎？」她一邊說，一邊想：造化真是弄人，十來年的婚姻，前夫是個無知無覺的粗人；但是短短一年內，卻遇到了兩個心思縝密的男人。

李明善的身後站著兩位高大的外國男人，李明善介紹給蘅芷認識，他說：「蘅芷，這兩位是我們公司最好的勘探工程師，右邊的這位叫約翰，左邊的這位叫山姆，他們對勘探油氣非常內行。」蘅芷一一跟他們打過招呼。

一上直升機，雖說是直升機，但也有四個人的配備。兩位是正副駕駛，兩位是後補駕駛。

直升機盤旋而上，整個墨西哥灣湛藍的海面在大太陽下熠熠生輝。李明善和負責勘探的兩位工程師坐在後方，刺眼的太陽光讓他們三個大男人不停的眨眼睛，蘅芷坐在稍後方，三個男人為她擋住了刺眼的陽光。

他們四個人一起眺望大海，只聽到約翰很緊張的說：「你們看！海面上浮著一團正在燃燒的火球！」

山姆說：「那是海底管線將各處油井的油集中在一起採原油時，有一部分會產生天然氣，那橘色的火球就是燃燒天然氣所產生的火焰。」李明善和蘅芷點點頭，表示明白。

終於來到屬於李明善的「火蛋白」海上礦區時，看到了海上鑽油機，好像一艘大船般的鑽井平台，靠著平台，周圍停泊了不少船隻。

李明善指著下面的海域問：「報告中說發生火災的鑽探現場就是在平台那裡

嗎？」

山姆非常緊張的說：「火燒了三天，我呼叫靠近墨西哥灣所有的消防分隊，到今天總算熄了火，真是嚇死人了！」

李明善焦急的問：「人員有沒有損傷？」

山姆緩了一口氣說：「幸好沒有！」

李明善問：「火災的原因是什麼？」

約翰說：「在開採石油鑽探時，鑽到海底一千八百英尺，突然噴出瓦斯，岩石的碎片和瓦斯一起噴了出來，猛烈的撞到鐵製的鑽油機，兩者磨擦冒出火花，火花遇上了瓦斯就釀成了大火。」

直升機來到鑽井平台後，發出轟隆隆的噪音緩緩下降，這個鑽井平台好像戰艦甲板般牢固和寬敞。

兩名工程師說：「我們要去調查，李先生跟蘅芷小姐，你們留在這裡，千萬不要擅自在甲板上走動。」

李明善叫蘅芷去直升機上坐著，以免危險；他獨自站在甲板上，像熱蒸汽般的潮濕熱風陣陣吹來，他聚精會神的看著鑽油機，這是一座大型的海上鑽油機，它的高度在海面上有七十幾公尺，在海面下大約有四十公尺；它早已被烈火燒得熔化，已經扭曲到完全看不到它本來形狀的殘骸，十分之九淹沒在海水裡。李明善被這可怖的景象嚇得愣住了。

過了約莫三刻鐘，兩名工程師調查處理完畢後回來，他們看到因吃驚而愣在甲板上的李明善，約翰問他說：「李董事長，您是不是第一次看到油田的火災現場？油田的火災真的很可怕，不管陸地或海底，只要燒一個小時就可以把鋼鐵製的鑽油機熔化，最嚴重的時候一天就可以燒掉一萬桶以上的油。」

這時換山姆說：「李先生您知道燒掉一萬桶油的數量嗎？」

李明善搖搖頭表示不知道。

山姆又說：「一桶油有四十二美制加侖，一加侖有一百六十公升，一噸石油大約有七・三桶，也就是說有一千一百六十公升左右。」

李明善不敢相信的說：「這簡直是在燒鈔票啊！」

這時蘅芷早在直升機的扶梯上聽到這些對話，她也為之咋舌不已。

李明善說：「我們現在先回去休息一下，山姆你通知大家下午三點半開會，蘅芷妳如果有興趣就到B棟大樓會議室來參加，一起聽聽，妳也會比較瞭解這個行業。」

蘅芷點點頭，表示她有興趣會來參加。

到了下午三點三十分，蘅芷準時到B棟大樓會議室，她往裡一看，已經坐了數百個員工，工程師坐在前排，坐在後面這些大概是基層幹部。

李明善在講台上操著流利的英文說：「辛苦大家了！尤其是前幾天的火災，我很感激你們出生入死的負責精神，所有人員包括基層的，全部加薪半個月。」

所有在場的人員都鼓掌歡呼。

李明善問在場的勘探工程師說：「我們在鑽探時，瓦斯突然噴出，引發了火災，是不是可以證明那裡有油田？」

山姆負責勘探已經有二十年之久了，是一位很資深的工程師，他針對李明善的問題回答：「在鑽探時噴出瓦斯的確可以證明那裡有油，但卻無法得知油田的規模和蘊藏量。」

李明善再問：「那要多久以後才會重新鑽探？」

山姆回答：「有時很快就可以重新鑽探，這要看公司的資金如何，如果資金不足，需要籌集資金就會拖很長的時間。」

李明善從山姆的話裡感覺到，目前這個油田區，開採成功應該很有希望的，他現在是欲罷不能了。

第二天上午十點半，李明善再召開會議。

他對全體員工包括工程師說：「我們『火蛋白』公司有足夠的資金，現在就準備下個月的開採，要將這附近幾百里的地質學資料輸入電腦，我們要瞭解這個礦區有多少蘊藏量，以及總共需要多少勘探費才會發現油田，也要知道需要多少蘊藏量才能達到利潤線；這些經濟數據必須進行嚴密計算，我知道這些計算非常複雜，也非常繁瑣，必須由我們公司裡的八位會計師一同進行。」

山姆跟約翰點頭表示同意。

過了兩個多月，已經到了三月底四月初，新開鑿的三號井傳來了一些不利的消息。三月底的最後一天上午，山姆跟約翰一起向李明善作匯報。

山姆說：「根據我們工程組的預測，在五千英尺到八千英尺的深度，就可能有儲集石油的岩層，學名叫阿斯馬利層和薩巴克層。」

約翰急著說：「但我們在四千三百英尺左右就遇到了崩塌性很強的泥岩層，所以我們用透過降低泥水比重的方式小心謹慎的鑽進去，但今天油田區傳來報表，昨天在四千二百三十英尺時開始發現漏泥現象。我們再降低比重後，又發生了崩塌，嚴重到卡鑽頭，雖然大家想盡各種辦法試圖把鑽管拉出地面，但是卻卡在那裡無法動彈。現在正緊急進一步降低泥水比重，但是面臨隨時可能發生井噴的危險狀態。」

山姆慌張的問：「萬一發生井噴，是不是鑽井機也有可能一起噴出來？」

約翰回答：「如果真的無計可施，那也別無選擇，只能宣布廢井了！」

李明善非常吃驚的說：「什麼！都下了這麼多的投資，你們說要廢井?!」

兩位工程師安慰李明善說：「我們會努力討論一個月，然後再跟您報告要不要廢井。」

李明善堅定的對兩位工程師說：「我等候你們有好消息給我……」這時他的臉孔好像扭曲了一下，果斷的說：「一個月後，如果真的要廢三號井，那麼馬上啟動所有的機制跟資金，我會安排鑿第四口油井。」

蘅芷在旁邊輕聲的對李明善說：「我要在四月三日到新加坡，沒辦法看你開鑿第四口油田。」

李明善對蘅芷說：「妳放心的去玩吧，別操心這裡。」

蘅芷皺著眉頭說：「沒想到開油田比燒鈔票還兇。」

李明善說：「別怕，光是我在澳洲開到的錫礦，就足夠在這裡挖五、六個油井，根本不需要動用我在國內的資金。」

蘅芷安心的點點頭。

十二

四月五日下午一點，蘅芷從新加坡的酒店叫了一部計程車到日本人墓地公園。她捧了一束有五十四株蝴蝶蘭的大花束，走向日本軍人合葬塚，她把蘭花倚在墓塔前，雙手合掌行了九跪九拜禮，心中默唸許乾的名字。行禮完之後，她起身，這時有一雙手掌，是她熟悉的，把她的臉搗起來，她明知道是誰，故意轉身，也搗住他的臉龐。

這時他拉開她的手，讓它們環住自己的腰，蘅芷不禁笑起來說：「好險，你一點也沒有變老。」

修明笑著說：「為了不讓妳傷心，所以我不敢變老，還每天敷ＳＫⅡ呢。」說完兩個人都大笑起來。蘅芷斜眼仔細的偷偷瞧修明，他這大半年來是沒變老，但笑容中隱隱約約透出煩憂的神情。

蘅芷說：「我也陪你去拜你父親的墳吧。」

修明說：「好啊！謝謝妳。妳看我帶了五十四朵白色的百合花。」蘅芷陪他把它們圍放在墓前，就像一圈半開的傘。「聽我祖母說，我母親長得像戰後才紅起來的電影明星吉永小百合，不過她比電影明星還美。」

蘅芷心想：難道美麗的女人都短命？

修明繼續說：「母親在生我時，因血崩就往生了，我哪記得母親的一點身影，我的母親只活在照片裡。」這時修明的眼眶有點紅了，蘅芷趕緊遞上手帕，修明握了一下蘅芷的手，接過手帕輕抿一下眼睛。

蘅芷看修明的狀況，他的事業應該還是沒有太大的改善，所以她一點也不去觸及。

修明合掌恭恭敬敬的對著高大的墓碑，彎下腰三鞠躬。然後他牽著蘅芷的手往墓園外走。他說：「我要在這裡好好的玩一個禮拜，拋開一切的事，就只有妳和我。」

蘅芷點點頭說：「你是該拋開一切的煩惱，好好的休息幾天。」她希望修明不要問德州油田的事，果然他沒問，她更不提。

他們從新加坡玩到馬來西亞，甚至玩到賭場，看來修明不是此中高手，蘅芷笨到只會玩吃角子老虎機。

從拜完墓回來，兩人在旅館裡，修明比過去更奔放，蘅芷也繾綣相應，畢竟熱戀中的情人有半年分離，相聚後只有更加激情。

到了第七天，蘅芷說：「我要回台北一趟，半年了，累積好多事情要處理。」

修明溫柔的說：「我陪妳回去好嗎？」

蘅芷急忙回答：「你日本的事業還沒處理好，你還是先回去吧，給我兩個禮拜的時間，我就飛日本找你。」

修明說：「至少我陪妳坐飛機到台北，再轉機回日本。」

十三

蘅芷回到台北，管家跟蘅芷說，她休了三個星期的假，也是昨天才回到家。蘅芷一看果然信箱堆滿了公文信件，其中最重要的一封是大陸的仲介告訴她，有一棟有很多戶、屬於她的樓，現在被發現產權是不清楚的，因為當時的地主跟建商根本沒向政府租地，也沒跟政府簽地上權的合約，只是用賄賂取得產權。而現在中央正雷厲風行在肅貪，所以蘅芷在這一棟樓的產業，全部被查封，房客也全被趕走。她看了這些信件不禁皺起眉頭憂心起來，這些畢竟是她收入的最大宗，實在從來沒有想過，有一天要去變賣那些字畫。

休息了十來天，她覺得人生實在對金錢要看開一點。她賣了兩張徐悲鴻的力作，一張是奔馬，一張是很難得一見的七匹馬在一張畫裡，有立馬、吃草馬、回頭馬……共得了八百萬人民幣，她把它們放在定存裡，大約每個月有二十二萬利息，這也足夠她一個月的開銷。過兩天要去日本看修明，自己訂了機票，因為知道修明的企業都還沒有起色，她不想再花他的錢。

星期三她訂了早班的飛機，到機場才一點多，她坐機場巴士，到底站才換計程車，一會兒工夫就到修明的家，她發現歐巴桑只剩兩個，可見修明他也在開源節流。

歐巴桑準備了茶點、水果給蘅芷，她吃完後就到二樓的客房準備沐浴。她把自己的行李箱打開，衣服一件一件掛起來，這時她發現以前的那個LV旅行包換成了一個Channel粉紅色的行李袋，這次她實在忍不住，將這屬於女人的行李袋打開，一打開，香水味四溢，她不禁伸手去拿出包裡的衣物，哪知道全部都是透明的胸罩跟三角褲，她的臉跟耳朵不禁熱了起來，這是害羞和生氣的躁熱。

她坐立難安，真想立刻就打電話給修明問個究竟，不過想一想還是忍下來。

修明六點半準時下班回來，他看到蘅芷，興奮的把公事包往椅子上一摔，就跑過來緊緊的抱住蘅芷，她只有冷淡的回應，但他完全沒察覺。

修明留下的歐巴桑是會燒菜的那位，及一位鐘點工。伙食的水平並沒有下降，但蘅芷吃得實在食不知味。他很快的用完了餐，迫不及待的問蘅芷：「妳洗過澡沒？」

蘅芷不急不徐的說：「沐浴好了！」

修明急忙的對她說：「妳等等我，我馬上就好。」

果然不到十五分鐘，修明已經沐浴完畢，他今天換上了一件淺藍色的睡袍；顯得人年輕了些。他急著一把抱起蘅芷就向床上輕輕放下，隨即緊壓了下去。蘅芷的反應並不像以前那麼熱情，只憑修明任意親撫，修明很快的察覺到了。

修明溫柔的問蘅芷，在她耳邊像輕風似的吹著。她搖搖頭欲言又止，他再一次問：「妳今天人不舒服嗎？」這一次蘅芷完全不回答。

修明急了，他搖一下她再問：「是不是飛機坐太久了。」她完全不出聲。他從床上緩緩坐起來又問：「妳是不是有煩心的事情？」她還是默不出聲。這下他更急了，輕輕搖晃著她說：「蘅芷！拜託妳告訴我，到底發生了什麼事情？」她想了一想，還是不作聲。修明長長的嘆了一口氣，打開床頭櫃的小燈，屋裡亮了起來。他坐在床沿上，用溫柔的眼神看早已把睡袍拾掇得整整齊齊的蘅芷，這時她翻身到另一邊去，此時空氣凝住了。修明忍不住用雙手叉到自己頭髮裡，樣子很痛苦，很折磨。過了一會兒，他輕輕的把蘅芷扳回來向自己這邊。她還是絲毫不作反應。他這時眼眶有點紅了，緩緩的說：「蘅芷！妳若還是不告訴我發生什麼事，我從現在開始就不睡、不吃、不喝。妳在這裡好好睡吧，我到樓下工作房去。」這時他起身就要走。

蘅芷心裡想，自己難道真的這麼小氣嗎？就為了那幾件褻衣？但是對一個女人來講，這雖然還不至於是個打擊，但也算是個衝擊了。她從床上下來，對著正要離開臥室的修明，他回身攬住她，停了一下說：「妳好好睡吧，我要到樓下去工作了。」窗外吹來一陣涼風，吹掀了窗紗，她不禁打了一個寒顫，她想他們之間大可以不必為了那幾件褻衣變得冰涼。

這時她急得開口了，簡單扼要的說：「因為在我客房衣櫥裡那個粉紅色的行李袋使我不開心。」

修明急忙轉過身來，非常吃驚的說：「妳快帶我去妳的客房看！」

蘅芷帶他到房裡打開衣櫥，修明發現裡邊的粉紅色行李袋，他急忙打開，看到的是一堆不堪入目的褻衣，他重重的把它們翻倒在地上說：「又是直子幹的好事！」他拿起電話筒要撥電話，倒是蘅芷清醒的對他說：「現在已經是凌晨一點半，你要打電話給誰？」

修明憤憤的說：「我要打電話給我的丈人！要告訴他，為什麼他的二女兒這麼有恆心，老是纏著我不放！」

這時換蘅芷心不安了，為什麼不早點告訴修明，放到現在，彼此心中都有個疙瘩。她忙說：「修明，別生氣，是我不好，早就該跟你說，到現在才惹你生那麼大的氣。」修明看蘅芷急了，忙回過身來摟住她說：「好了！我也不生氣了，妳早該跟我講，就沒這些事了。」

兩人纏綿到中午才起床，吃完午飯，修明跟蘅芷說：「我公司整頓還沒上軌道，要去辦公室看財務報表，晚上我們到築地吃晚飯。」

蘅芷說：「還是在家裡吃省一點。」

修明笑著說：「到築地吃飯，我還請得起，妳千萬不要擔心我財務的事。」

蘅芷說：「我沒擔心，不過我陪你兩個月之後，還要到德州看李明善把油田開採得怎麼樣。」蘅芷隱瞞了德州油田開採不順的事實。

十四

七月初，蘅芷掛慮德州油田的開採，她跟修明說：「我看你重整公司，事亂如麻，德州的油田開採，就由我去看看狀況。」

修明感激的說：「的確，公司到現在還沒整頓好，要讓出去的企業價錢也還談不攏，雖然很想跟妳一起去，但實在無法出遠門，辛苦妳了，也代我謝謝李明善。」

蘅芷說：「你放心，你就在日本處理企業的改善，我在德州，李明善會照顧我，你不要擔憂。」

修明說：「現在就請秘書給妳訂大後天飛德州的機票。」

蘅芷一下飛機就看到李明善遠遠在向她招手，坐上車，她迫不及待的問李明善：「德州油田開採的進度如何？」

李明善說：「妳時差都還沒恢復過來，別這麼急，休息幾天再說吧。」

蘅芷皺著眉頭回答：「修明所有的事業，就要靠德州油田開採成功，才能起死回生。」

李明善回答：「衡芷，妳千萬不要操心，油田的事有我，妳放心的睡幾天把時差調過來再說。」

蘅芷一連睡了三天，時差都調好了，那天下午二點多鐘，她信步的走到李明善的辦公室，李明善不在，也沒看見秘書；她信手拿起辦公桌上的工作日誌，翻到最近的，上面寫著「三月八日三號油田因發生嚴重井噴，宣布廢井。」

蘅芷看到這裡心都涼了一截，她頹然的放下工作日誌簿，愣坐在椅子上，不過三號油井可能要廢井的事，她早已知道，倒是四號油井到底開採沒有？情況怎麼樣？進度怎麼樣？這才是她最關心的。

過了一刻鐘，辦公室還是沒有半個人進來；她再拿起工作日誌簿，翻了幾頁。原來李明善已經開始第四口油井的開採，工作日誌簿上寫著：一九九九年六月十三日第四口井已鑽到深度四四七八英尺，正在採取措施防止漏泥。蘅芷看了嘆了一口氣。

停了一會兒，她再翻幾頁，上面寫著：一九九九年六月十九日開採到深度四七五〇英尺時，工作人員交換鑽頭，又起鑽再調配鑽井液後，午後三點再度鑽井，挖到四七八九英尺時，工程人員發現有優良油氣……蘅芷看到這裡，此時李明善跟另外一位她沒見過的中國男子一起走進辦公室，蘅芷立刻禮貌的站起來。

蘅芷向這位中國男子及李明善頷首為禮。

李明善向蘅芷介紹：「這是公司新請來的總工程師，他參與過祖國大慶油田的開採，大名葉順龍。」

蘅芷看葉順龍年紀至少六十出頭，她馬上向他敬禮說：「葉工程師，您參加祖國那麼偉大的油田建設，這裡油田的開採要全靠您了！」

葉順龍說：「開採油井雖說是要靠運氣，但其實百分之七十五是要靠技術。」

李明善拿起蘅芷剛才看的工作日誌，對蘅芷說：「我們開採油田最怕漏泥現象，就是當鑽頭鑽入地下層時，在井眼中循環的鑽井液可以冷卻鑽頭，同時讓鑽屑懸浮起來，當鑽井液流失時，就叫漏泥現象。」

蘅芷問李明善跟葉順龍說：「如果出現了有石油氣的氣徵，但漏油現象很嚴重，還可以繼續鑽進嗎？」

葉順龍說：「第四號井漏泥現象相當嚴重，再觀察一陣子，再決定要不要廢井。」

李明善對蘅芷說：「天都黑了，妳還是回宿舍休息吧。不要煩惱油井開採的事。要吃中餐或西餐，妳可以叫主廚做。我和葉總工程師還有事情要討論。」

蘅芷想：他們一定是在討論開採油井的問題，而且跟經濟有關。

蘅芷睡到第二天中午才起床，李明善來敲她的房門。

李明善問她：「妳吃過中飯沒？」

蘅芷睡眼惺忪的回答：「我才剛睡醒，肚子一點也不餓。」

李明善說：「那好！我們現在就坐直升機到拉斯維加斯去開開眼界。妳快換衣服吧！」

蘅芷吃驚的說：「你不管油田了？」

李明善一派輕鬆的回答：「開鑿四號井，大家都累癱了，尤其是總工程師，他參加過大慶油田的開採，妳想他今年幾歲了？」

蘅芷答：「葉先生看起來像六十出頭。」

李明善回答：「他都六十九了！不是六十出頭，我們去玩一個禮拜，也剛好讓他們休息幾天。」

他們搭乘另外一架跟勘採油田不同型號的直升機，蘅芷一上飛機，發現這架飛機裡面全部改裝過，有小沙發，躺椅一放下來就是小床，還有咖啡桌。天還沒黑就飛到賭城了。

他們入住到最豪華的 Mirage 飯店。

李明善跟蘅芷說：「我們今天就住這裡，晚上看活獅子表演的 Show。」

蘅芷瞪大了眼睛不可置信的說：「真的獅子到舞台上表演？」

李明善回答說：「是啊！他們就是用這個噱頭以廣招徠。」

蘅芷長長的「哦！」了一聲。

李明善問蘅芷：「妳想玩那一種賭注？」

這賭場大廳足足有兩個足球場大，蘅芷看得暈頭轉向，她回答李明善：「阿彌陀佛，我什麼都不會玩，就試試吃角子老虎吧。」

跟隨來的秘書掩著嘴笑說：「李董事長給妳換的籌碼是一萬美金，那十個籌碼就是一萬塊，妳只要拿一個給我，我就給妳換一百個十塊美金的籌碼，夠妳玩一整天嘍！」蘅芷趕快把那九個等於九千塊美金的籌碼交還給秘書：「阿彌陀佛，這一個圓紙板就是一千塊美金，快！快！妳趕快拿著收好，那一百個籌碼我就可以玩好幾天了！」

秘書被蘅芷笑得合不攏嘴，接過那九千塊美金的籌碼。

到了吃晚餐的時間，李明善過來找她們，他說：「妳們儘管點好的吃，這賭場飯店為了招徠客人，吃的跟住的都很便宜，等一下就儘量點。」

吃過飯但還沒到主秀開場的時間，蘅芷說：「我們到外面逛逛吧！」

一到外面，沒想到是一個比籃球場還大的名店街。所有世界的名牌都集中在這裡，有第凡內、香奈兒，賀馬仕……，蘅芷不經意的往櫥窗內看了一個很美的粉橘色皮包，李明善立刻示意門內的店員開門，他很快的叫店員拿給他那個粉橘色的皮包，毫不猶豫的說：「這個皮包妳替我包起來。」

店員動作很快，雖然這筆生意已成交，還是非常專業的說明這個皮包跟它的價錢，賀馬仕的女店員解說：「這個皮包的顏色是今年最新款，歐洲的老皮工匠整整做了三年，才全部完工。它要賣三十萬美金，請您仔細看，它的把手上鑲了一圈，每顆一克拉有GIA證書D顏色的鑽石；如果你嫌它貴，有一個跟它一模一樣，只是沒有鑲鑽石，它只要三萬五美金。您要為女朋友選哪一個？」

還不等店員說完，李明善馬上說：「這位小姐不是我的女朋友，但我要買三十萬美金的這一個。」

店員一臉的狐疑，但又動作俐落立刻把皮包裝好，還在上面打了一個銀粉色的蝴蝶花結。蘅芷怎麼也來不及阻止李明善。

蘅芷對李明善說：「明善，我根本用不上這個皮包，你知道我的生活是很簡單的，我不能收你這個皮包。」

李明善說：「其實妳可以把它當成一件藝術工藝品，就算是不用它，偶爾拿出來欣賞也好，不要一直想到它的價錢，其實它也是一位老藝匠一刀一線縫製幾年才做出來的。」

蘅芷嘆了一口氣說：「我真說不過你。」

他們在賭城玩了五、六天才坐上直升機回來。這是個初秋午後的陰天，在飛機上蘅芷閉上眼睛養神，這時李明善輕輕哼唱起一首令詞：「**秋陰時晴漸向暝，變一庭淒冷。佇聽寒聲，雲深無雁影。更深人去寂靜，但照壁孤燈相映。酒已都醒，如何消夜永？**」蘅芷雖然閉著眼睛，但聽得很清楚，這是周邦彥的《關河令》。這闋詞葉老師上課時從未教過，蘅芷曾私底下問葉老師，葉先生說：「這闋詞並非周邦彥的力作，因為他把思人的情緒講得太直白了，不像《解連環》將感情說得千迴百轉，綿裡藏針，極盡鋪陳之能事。」

蘅芷好像又窺探到李明善的一樁心事，她的心裡起伏不已，她很清楚李明善心裡在想什麼，從他的吟唱中，可以感覺到他的無奈。

十五

從賭城回來後，李明善把蘅芷安排回宿舍休息，他回到大辦公室，葉總工程師正慌張的站著在等李明善，急促的說道：「四號油井已經第四次卡鑽，而儲集石油的阿斯馬利層和薩巴克層應該是四千九百八十英尺到七千九百九十五英尺的深度。

但是我們工程師鑿到四千四百七十八英尺時，就遇到崩塌性很強的爛泥岩層，我和幾位工程師商量後，用透過降低泥跟水比重的方式，戰戰兢兢的再鑽進，但卻在深度四千八百一十英尺時，開始出現嚴重的漏泥，嚴重到卡鑽。我們再度降低比重後，發生了崩塌，又再度嚴重的卡鑽。整個工程團隊想盡了所有的方法，要把鑽管拉出地面，卻卡死在原處無法動彈，而且現在正面臨隨時可能發生井噴的危險狀況。」

李明善很慎重的問：「萬一發生井噴，鑽井機是不是會一起噴出來？那就太危險了！整個工作團隊都會身陷危險之中！」

葉總工程師說：「就是考慮到嚴重的安全問題，我想——封井！把第四號井廢掉！」

李明善頹然的坐了下來，差點跌落到椅子外。他喃喃的說：「什麼？又要廢井？」隔了一會兒，才站起來堅定的說：「葉先生，我絕不氣餒，您去給團隊宣布，休息三個月，十一月初我們從新再鑿第五號井。」葉總工程師點頭答應。

修明從東京打電話來問油井開採的進度，蘅芷和李明善都瞞著他，廢井和封井的事。蘅芷用她敏銳的觀察力，察覺到修明的整個企業體，根本沒有改善的跡象，而日本經濟的泡沫化，所謂的「平成大不況」已經愈來愈嚴重。

蘅芷不放心修明現在的狀況，她趕回去東京陪他。

到了十一月初，在德州天氣已經沒那麼熱了，葉順龍總工程師和李明善共同對著幾百位員工，宣布開鑿第五口油田，員工及工程師們一片歡呼，蘅芷也從東京趕來，她瞞著修明這是第五口油井的開採。她想只要鑿出油井有真正出油的現象，再立刻通知在東京的修明趕來德州就是。

這天早上十點，葉順龍總工程師在大禮堂的講台前對著幾百位員工，和數十位工程師用英語說明：「我們之前開採的四口油井，各以不同失敗的原因告終。現在我們準備要開鑿第五口油井，我再把開鑿油井的步驟詳細的再解說一遍。第一關的勘探油田，現在的地質學家使用動儀、磁力儀來尋找新的石油儲藏。我們德州緊臨著墨西哥灣，當然也有可能發現海底下的油礦，如果發現海底下的油礦，需要使用石油平台來鑽和開井。為了將鑽頭鑽下來的碎屑及潤滑冷卻液運輸至鑽孔，鑽柱和鑽頭必須是中空的。」他看了一下坐在前排的幾位地質學家，這幾位地質學家點頭為應。

接著葉順龍又說：「在鑽井時，使用的鑽柱愈來愈長，鑽拉時可以用螺旋連接在一起，鑽柱和鑽頭是中空的。大多數今天我們所使用的鑽頭，是由三個互相之間形成直角的鑽盤組成。」說到這裡，所有的工程師，包括地質學家都點頭。

葉順龍緊接著再說：「在鑽硬岩石時，鑽頭上也有金剛石，一般鑽頭和鑽柱由地上的驅動機來旋轉，鑽頭的直徑比鑽柱要大，這樣鑽柱周圍會形成一個空洞。在鑽頭的後面使用鋼管來防止鑽孔的塌落。」他喝了演講桌上的一小瓶礦泉水後，再接著說：「鑽井液由中空的鑽柱被高壓通過鑽孔送回地面，鑽井液必須具有高密度和高黏度。為了非常長的鑽柱在鑽孔上方，一般建立一個鑽井架，在必要的情況下，工程師也可以使用定向的鑽井技術繞彎鑽井。

地殼深處的石油受到上面底層以及可能伴隨出現的天然氣的壓擠，它又比周圍的水和岩石輕，因此在鑽頭觸及含油層時，它往往會被壓力擠壓噴射出來，為了防止這種噴射，現在鑽柱的上端都有一個特殊的裝置，來防止噴井，一般來說剛剛開採的油田的油壓夠高，足以噴射到地面……」數百人鴉雀無聲的聽著，工程師、地質學家和電腦工程師互相竊竊私語討論，不過看起來他們都同意這個開採過中國大慶油田的總工程師。

最後葉順龍總工程師下了結論說：「我參與中國大慶油田的開採是在一九五九年，大慶油田的成功，使中國揮別了向他國進口石油的時代……」講到這裡李明善大聲拍掌起來，其他的工程師及近千位員工也雙手鼓掌，大禮堂內掌聲震耳欲聾。

最後葉順龍下了預判說：「我已經聞到我們第五號油井的石油氣味了……」還不待他說完，李明善站起來帶頭鼓掌，全體工程師及員工都站起來拍手，鎂光燈也閃個不停，葉順龍舉起雙手接受歡呼。

十六

二千年的元旦，在葉順龍總工程師和李明善的帶領下，「火蛋白」石油公司盛大的舉行第五口油井的開鑿典禮，上千面紅底印著一把燃燒著藍色石油的旗幟，在強風下被吹得嘶嘶作響。蘅芷和近千位員工，包括工程師、地質學家、精算師、電腦工程師、勘探師……也在觀禮之列。

只聽到葉順龍總工程師喝令一聲：「開鑽！啟動！」一個早已挖好約長三公尺、寬三點五公尺、深三公尺的梯形洞，四周也已用水泥固定好一個坑洞，這個洞就叫油井口，五號井的第一個鑽頭已經放在油井口的正中央，在葉順龍一聲令下，開始挖井動作。

一群鑽井工人立即衝上距離地面七公尺高的鑽井平台。旋轉台上已經準備裝上三十八英寸的鑽管，其中一個鑽井工程師揮手向負責引擎的工程師示意後，在這一片寸草不生的平原上，響起引擎巨大的聲音。載重後的引擎發出更尖銳的聲音，裝了鑽頭的鑽管慢慢的在這一片鳥不生蛋光禿禿的土地上往下鑽，對著這一片一望無垠的大地來說，一個不到四十英寸的鑽管，要鑽鑿到石油，除了靠葉順龍的經驗外，是否真能找到石油，那真的是只有老天爺曉得！

李明善知道，這五號井是否能成功挖出石油，是他和修明的背水一戰，尤其是修明的事業。而葉順龍是此一戰的總指揮，那近千名的地質學家、勘探師、電腦工程師、各類工程師及工頭、員工……則是驍勇善戰的部隊，自己的資金則是糧草，也就是最雄厚的後勤部隊。

過了一個月，蘅芷和李明善都戴上和葉順龍總工程師一樣保護頭部的安全帽，來到油井口，聽到山姆跟工程師說：「到目前為止探勘很順利，但請要追加五號井調製泥漿用的重晶石。」這話當然也是說給葉順龍和李明善及蘅芷聽。

到了四月底，德州已經熱了，蘅芷正向東京的修明作每日的匯報，而她從修明口中知道「平成大不況」並沒有改善，修明的企業也膠著在那裡。

因為狀況並無起色，修明瞞著李明善偷偷賣掉了本來是用來收租的三層樓；他拜託蘅芷千萬不要讓李明善知道此事。蘅芷在電話中保證，她絕對不會讓李明善知道，然而她實在替修明揪心得很！

那天晚上蘅芷回到宿舍裡，她回想認識李明善以來的一切，有時候他在自己面前輕聲說什麼，聽不清楚；但是去年那一次在小飛機上，他吟誦周邦彥的《關河令》，葉老師曾說過，周邦彥的這首詞把懷人的心思說得太直白了，不能和《蘭陵王》「柳陰直，煙裡絲絲弄碧……」相比，更別提懷人託怨的《解連環》。她知道李明善的最愛是《解連環》，他掛在牆上用瘦金體寫的那條幅，算起來是寫在民國七十七年（一九八八年），當然那時李明善還不認識自己；但是他去年在飛機上輕聲吟誦的《關河令》實在已經在表白什麼了！再加上拉斯維加斯買的三十萬美元的賀馬仕鑲鑽皮包，這買得有點莫名其妙，也送得太大手筆，超過修明的慷慨很多。這一切代表什麼呢？蘅芷想通了，不禁起了一身雞皮疙瘩！

五月十日李明善和葉順龍在大禮堂向全體員工作匯報。葉順龍總工程師說：「我們現在的進度已經把十四英寸的套管深入到四千八百英尺，接下來只要防止伊拉姆層發生漏泥，然後繼續鑽到目的油層，就應該可以看到我們辛苦等待的石油了……」葉順龍尚未講完，講台下所有的員工已經一片歡呼喝采聲！

李明善和葉順龍相繼走下講台，時當正午了，李明善帶著葉順龍，還有幾位位階比較高的工程師，他示意蘅芷一起到高級員工用餐室吃午餐。飯後葉順龍跟李明善說：「我們兩點半再開工，讓工人休息一會兒。」李明善點頭同意。

李明善帶蘅芷到她的宿舍前，對她說：「上午聽葉總工程師的講解，我想我們再一個月就可以挖出石油了！妳可以打電話給修明，請他隨時來德州，慶祝我們油田的開鑿成功。不過我很惦著他的事業整頓得怎麼樣了？是不是有改善？」

蘅芷馬上回答：「修明事業漸漸有好的進展，你不要掛記。」她瞞著修明已經賣掉那棟大樓三層樓的事實。

十七

當天蘅芷算好東京晚上十點，打電話給修明；她聽到修明唉聲嘆氣，用幾乎要哭出來的聲音說：「蘅芷！坦白跟妳說我現在的實情，我已經把我那棟大樓剩下的五層樓又賣掉了四層，現在只剩一層，也只剩八十八位員工，為了貼補八百多位員工的遣散費，我賣掉了二百多坪的住家，搬到附近一棟舊的小洋房，不包括前後各十來坪的小院子，兩層樓加起來只有七十坪，所幸燒菜的歐巴桑還願意跟著我，她說房子才七十坪也不算太大，她一個人還整理得過來。現在我只能過平民小康的生活……」蘅芷聽到修明輕輕啜泣的聲音。

修明低聲問蘅芷：「我以後再也買不起貴重的禮物送妳了，妳跟我在一起只能過平常的生活，妳願意嗎？」

蘅芷用很堅定的聲音說：「我們不是說好過一陣子就結婚嗎？也讓你的老丈人安心嗎？我豈是那麼膚淺的女人，看見你只能供給我平民的生活就變心了！你真是有點低估我了！」她說到這裡稍稍動了怒氣。修明在電話那頭知道蘅芷生氣了，趕忙安撫：「蘅芷！請妳千萬別生我的氣，我只是告訴妳實情。」

蘅芷說：「如果一個女子只因為你生意失敗，無法提供優渥的生活就離你而去，你也不必眷戀這種女人！」

修明急著在電話那頭說：「蘅芷！對不起，請原諒我的多心跟膚淺。」

蘅芷轉怒為喜：「修明，德州油田即將有好消息，葉總工程師估算大約一個月左右，油井就會出油了！李明善說你隨時都可以過來看看我們投資的成功。」

修明聽了，在電話的那一頭歡呼起來，迭聲道：「太好了！太好了！李明善真是我的大恩人！」電話那頭沉寂了一下，然後接著說：「我把公司的事交給正副總經理，我訂十天後的班機到德州。」

蘅芷說：「我去跟李明善講，到時候我們到機場接你，這十天內我會跟你保持聯絡。」

修明在電話那頭說：「蘅芷，我每天晚上十點等妳的電話！」

蘅芷溫柔的說：「好的！」

十八

修明在十天後來到德州，李明善和蘅芷一起來接機。李明善笑嘻嘻的對修明說：「你來得正是時候……」

修明不解的問：「這是怎麼說呢？」

李明善說：「前天工程組給我的報告說，在地下八千八百英尺時發現鑽速突然起了巨大變化，泥漿氣有強烈的螢光反應，發現石油的可能性非常大，工程師繼續再鑽，這個星期可能就會出油了！」

蘅芷說：「等一會修明小歇一下，晚上我們給他洗塵。」李明善同意的點點頭。

七點半修明從房間打理得整整齊齊來到高級員工餐廳，蘅芷和李明善早已等在餐椅上，兩人同時招呼修明過來。

修明坐下後，李明善說：「今晚我們開一瓶香檳預祝在近日內我們的五號油井出油！」侍者替他們開了一瓶冒著一條弧型白沫的香檳，然後三人舉杯同賀。

蘅芷看修明一掃幾乎近一年事業不利的陰影，舉杯笑得開懷，蘅芷心裡的那顆大石頭，終於放下來。

李明善笑著說：「告訴你們一個不是祕密的祕密……」

蘅芷急得說：「明善！我知道一定是個好消息！你就別賣關子了！」

李明善說：「別急！葉總工程師說，以他的經驗估計，不僅第五號油田近期內會出油，在第五號油井旁邊不遠都還儲有豐富的石油層，也就是說，我們可以再開採第六號井，甚至第七號井……」

還不等李明善說完，修明就搶著說：「明善！你真是個大福星……」

李明善說：「看來，我對自己的生涯要再重新規劃。」

蘅芷不解的問：「你對你做的善事覺得還不夠嗎？」

李明善反問：「妳一個婦道人家都可以做那麼多善事，還每年往泰北跑；錢財對我來說，當然還是愈多愈好，可是那已是助人的工具。」

修明有點赧然的說：「我跟你們比實在是最糟糕的，只為自己的事業發愁，都忘了去管基金會的事。」

李明善說：「最遲月底我們的五號油井就會出油，你愁什麼！有了錢就可以添補基金會；其實日本老人的自殺率是相當高的，你可以在這方面用心。」

修明用尊敬的眼神點點頭。

李明善說：「據葉總工程師和地質專家、精算師及電腦工程師預估，我們五號油井及附近百分之九十五以上都會有油的六號井及七號井，它們的獲利將達到近百億美元。修明，油井的利潤，你可以分得一半。」

修明連忙搖著手說：「我怎麼可以無功不受祿！」

李明善趕緊說：「我們可是早就說好了，你只要貼我銀行的利息錢就好！」

修明說：「這怎麼可以?!」

李明善笑著說：「你又要我細數從頭了！」

蘅芷說：「好了！好了！快吃凱撒沙拉吧，侍者等著上湯。」

這時三人都開動了，李明善吃完沙拉後又說：「我在國內大概有三百億人民幣的資產，我將全數用來做慈善基金，這當然不能和今年初成立的比爾蓋茲慈善基金會相比；但我最後的心願是『**安得廣廈千萬間，大庇天下寒士盡歡顏**。』德州油田的開發，將交給我的二堂弟明慮，他是北大地質學系的博士，他太太是清華大學電腦博士。將國內全部資產成立基金會的事，前兩天我已經跟葉總工程師說了，他被我感動，他說他一輩子要替我開採油田，直到最後。」

六月初二上午十時，德州湛藍的天空像要滴出水似的；葉總工程師撤退鑽油機周圍的工人，不遠處掛著一個大招牌「試油期間嚴禁燭火，易燃物品請勿攜入」。

葉總工程師帶領工作團隊，也包括蘅芷、修明和李明善等人進入試油區，大家靜悄悄的。蘅芷今天穿了一身尼龍料子的紅色洋裝，這是她唯一的一件紅洋裝，因為她想討個好采頭，希望第五號油井能如預計順利出油，李明善的理想和修明的事業就在此一舉。

試油小組圍在離析器旁，五號油井已經徹底疏通，準備爆破工作。

葉總工程師鏗鏘有力的叫著：「炸藥布置完全，試油開始！」

山姆按下了炸藥的開關，葉總工程師和李明善都知道，是否能順利的引爆埋置在地底下八千八百英尺深的炸藥，誰也無法預料。過了一會兒，他們看到離析器儀表因為地底的爆炸而微微震動！

突然「轟隆」一聲，噴出紅色的火焰！全體團隊大叫：出油了！出油了！

不意正在此時有一星點的火花噴到蘅芷寬大的紅色尼龍圓裙邊，大圓裙瞬間燒了起來！李明善和修明同時都看到了，兩人撲著向前，要替她滅火，不料李明善用力把修明一甩，修明跌到沙地上。

蘅芷忘了今天這件紅色大圓裙是易燃布料，李明善欺身過來，撕掉蘅芷燃燒的紅裙，沒想到這片帶著火的大紅裙瞬間黏貼住李明善，李明善整個人像一團火似的燒了起來！

這只是剎那間發生的事情，前面的工作團隊根本不知情，等幾秒過後，工作團隊有人驚慌的拿滅火槍往李明善身上噴，火經過十來秒熄了，但李明善已全身灼傷暈死在地。

修明大叫：「快！叫我們的救護車，送他到最近的大醫院。」

救護車很快就來了，他們有配備齊全的醫護人員，一下子就把李明善抬上救護車，蘅芷跟修明跪在李明善身前，李明善已重度灼傷不省人事，卻陡然捉住蘅芷跟修明的手，氣若游絲用只有他倆才能聽到的聲音說：「不要忘了基金……」還不待說完，他的頭跟手陡然落下。

醫生很熟練快速的張開李明善的瞳孔，然後鬆開手，當場流下淚水，哽咽的說：「李董事長已經過去了！所幸的是他沒受到痛苦！」他抬起手用衣袖抹去眼淚，蘅芷和修明抱著李明善的大體，慟哭震天！

五號油田很順利的出油，但是近千名員工全換上黑色工作服，包括葉順龍總工程師、山姆等人；蘅芷和修明則是穿著粗麻製的黑色套裝和西裝。六月五日李明德夫妻和李明慮夫妻，從北京趕來。

李明德一身的粗麻衣，紅腫的眼眶，坐在大會議桌上用英文對大家說：「我知道我堂弟是個很單純的人，從不會麻煩別人，他雖然沒有任何宗教信仰，但他把生死和錢財都看得很淡然，所以一定不想舉行任何儀式，我跟明慮會把他的大體送回中國。他在生前開玩笑時常對我說，他愛吃海鮮，負魚蝦的債很多，如果他死後一把火燒掉之後，要把遺骸骨灰跟魚蝦結緣，以了此債……」

蘅芷知道李明善很喜歡吃江浙菜，所以才有此說。她拿起一條粗麻黑手帕擦眼淚，也用英文對大家說：「最該道歉和最該死的人是我，只因為我的無知，選擇一件紅色特大裙襬的尼龍洋裝，為了油井順利開採討喜氣，哪知道它是那麼易燃，活活害死了明善，在古代我是死有餘辜，該殉葬的……」她說到這裡現場一片唏噓，尤其是修明拿著粗麻黑手帕一直拭淚。

停了好一會兒，明德跟明慮站起來對大家匯報，明慮也用英文說：「德州的油田，就由我跟葉總工程師接手，以後有勞大家了！」

衡芷忍不住站起來涕泗縱橫，對大家說：「明善兄在臨走前，輕輕拉了我跟修明的手，他心心念念的就是他將要成立的慈善基金會……」

明德緊接著說：「基金會我在北京已經撥了三百億人民幣去申請許可，而且以後油田的產油量只要一增加，除了付給工作團隊、增購器材外，我會逐年提高慈善基金的額度，我們在年底就可以在李明善慈善基金會下有三百億人民幣的善款，這才能了我堂弟的一樁心事。說實在，這是第一筆這麼大的慈善基金會在中國成立……」

說到這裡，換明慮很謙虛的說：「我的地質學經驗跟大慶油田的老戰將，葉總工程師的估計是很吻合的，我們不僅第五號油井會源源不絕出油，因為地質儀已經算出這一帶儲油量很豐富，不久就有第六號、第七號、甚至第八號油井，一切都在我們掌握之中。我們所有的工程人員除了有一筆額外開採油田成功的獎金外，每人都有高於政府給的優渥退休金還有各種保險，包括妻子兒女……」

這要在平時宣布的話，一定歡聲雷動；現在全場不僅默然無聲，甚至有些資深的老員工拿起袖子頻頻擦拭眼淚。蘅芷這時輕輕的喃喃自語：「**明善有錢，蒼生有福！**」

十九

七月初李明善的大體運回北京，他的親姐姐還有堂兄弟姐妹都來弔唁；因為中國人的習俗白髮人不送黑髮人，所以李明善的父母沒有出現，修明穿著緇衣以親兄弟的輩份還答來弔唁者的禮。

最後決定於七月十日下午二點在北京殯儀館焚化大體，隨後將運至津門的渤海灣舉行海葬。

蘅芷在七月八日突然向修明跟明善的家人說：「我今天回台灣，十日中午就會趕回來，我一定會來向明善做最後的告別。」

修明說：「我去替妳準備車子，十日妳要中午以前趕到，才來得及參加火化儀式，那是陰陽生跟道士看了吉辰的。」

蘅芷哀淒的點點頭，說：「我知道！我一定會趕來見明善最後一面。」說到這裡，她又不由自主全身顫抖的哭了起來。

李明善事業做得大，朋友多，兩所慈善學校也各派師生代表來弔唁，譚紹竹夫婦跟杜若也穿了一身的黑衣，神色悽悽同行來參加。修明忙得忘記問蘅芷為什麼要匆匆忙忙回台北一、兩天，再趕回來北京。

到了十日上午不到十點，李明德就派私家車去機場接蘅芷。

陰陽生跟道士很準時在一點半就到焚化現場，開始做起法事來，李明善的大體從冷凍庫裡搬出來，跟大家做最後一次的告別。他的大體被黃色的菊花簇擁著，形容一點也沒變，只是額頭上有一塊燒傷的疤。已經一點五十分，陰陽生跟道士早已唸著《心經》……色不易空，空不易色……

修明和李明德夫妻伸著頭，焦急的眼神盼著蘅芷，為什麼到現在還沒有來？

道士和陰陽生停止唸誦，大聲喊著：「吉辰到——」

修明、李明德夫妻、李明慮夫妻、還有李明善的親姐妹和堂姐妹，他們一夥人扶著鐵柩要把這盛著李明善的大體送進焚化爐。

陰陽生和道士停止唸誦，大叫：「起柩！送至西方極樂淨土！」只見鐵柩緩緩的往焚化爐裡推進，已經進入了四分之三，現在只能看到李明善的頭部！

就在這時一道黑影飛奔而來，啜泣的聲音嘶啞的大聲叫道：「明善！等等我的玉連環！」只聽到環珮叮噹聲，兩個潤澤羊脂白玉相扣的連環，從蘅芷手中丟向李明善的臉部，就在這時鐵柩剛好也密合了，幾千度的火，開始焚化李明善的大體。

這個拋出去的玉連環，修明從不曾見過蘅芷佩戴在身上，可見她是十分珍重這個玉連環，應該平時是把它鎖在保險櫃裡，怪不得她要急著趕回台灣再飛來北京。

過了一個鐘頭，殯儀館人員、陰陽生和道士，共同捧出李明善的骨骸，只有頭蓋骨是完整的，其他的遺骸都已化成了灰燼。就在這時李明德突然叫道：「為什麼明善的骨殖裡好像有細沙粒亮晶晶的東西？」

修明啜泣的說：「那應該是蘅芷玉連環燒化的細碎片！」

蘅芷用小到聽不到哀淒的聲音說：「**沒想到我的玉連環是這樣解的！**」

明德忍住哭泣說：「明天上午十點，我們從津門出海，就照明善的遺言，把他的骨灰投入渤海灣，讓他了了魚蝦之債吧！」現場又是一片啜泣之聲，蘅芷跟修明也是泣不成聲。

海葬之後回到北京明善的四合院，大家悲悽無言的吃完晚餐。蘅芷信步走到李明善的書房，她看到那條幅李明善寫的瘦金體《解連環》，把它從牆上拿下，緊緊的捲起來。蘅芷走回餐廳，明德夫婦正在喝茶。

蘅芷幽幽的說：「剛才我到明善的書房，明善寫的那條幅《解連環》就讓我帶回去台灣做個念想吧！」

明德回答：「蘅芷，妳知道，我們家除了明善是唸中文系外，其他的人都是唸理工科，那些詩詞歌賦只有妳懂，妳喜歡什麼就拿回去，我想明善在天上，他會很開心。」蘅芷發現，明德講話帶著鼻音，眼眶還是紅紅的。

二十

蘅芷和修明參加李明善的海葬之後，他倆告別李明善的家人和北京。

修明陪伴蘅芷回到台灣，他訂四天後的機票回東京。

他們回到蘅芷的家，晚上兩人相擁痛哭。蘅芷激動的說：「是我害死明善的！」修明撫摸著蘅芷的頭髮，啜泣的說：「本來我已經撲向妳，是明善用力推開我的，那一片燃燒的紅色尼龍裙原本是會覆蓋我，明善代替我而死！明善像個龐大無比的影子，永遠在我眼前，永遠不會散去。」

蘅芷哭泣的說：「明善撲向我的那一剎那，我永遠不會忘記，他像一個高大無比的巨人，快速的撲向我，緊緊的保護我！」那一晚他們是哭著睡著的。

每個晚上他們都相互喃喃訴說自己的難過，最後那晚兩個人也是抱頭痛哭，修明哭失去最好的朋友，蘅芷哭失去知音。到了天快濛濛亮，兩人才朦朧睡去。

修明是坐晚上六點的班機，兩人睡到過了中午才起床，臉上同樣掛著乾掉發亮的淚痕。

終於蘅芷說出心裡的話，她說：「修明！我們這輩子不可能結婚了！」修明突然吃驚得眼睛張得大大的！但一下子他會過意來，他紅著眼眶說：「我——知道——……！李明善已經在我們兩人的心裡燒了一個大洞，盡我們這生怎麼也沒法把它補滿！」

蘅芷點點頭說：「那個大洞是一條年華正盛的生命，何況還那麼善良、仁慈！」

修明默然。過了好一會兒，他有點怯意的問：「蘅芷，我們不會從此不相見吧?!」

蘅芷悄然說：「修明！我還是愛你的，只是明善一走，我覺得我要替他做的事情很多，我有十幾年做社會慈善的經驗，遍布在中國大陸及全球各地，我要讓明善雖死猶生，完成他的遺願。

以後我會很多時間待在北京，幫助明德夫婦打理明善的慈善基金會，三百億人民幣的基金會要怎麼運作，是件大事。明德夫婦需要很多有經驗的幫手。

修明！我們每年至少見面兩次吧！一次是離現在才一個月的八月十五中午十二時，這次見面的意義我想你是知道的，仔細論起來我們都是第二次世界大戰的直接受害者跟間接受害者；另一次見面是我們第一次認識的清明節。見面的地點還是新加坡那個墓園，至於每次見面的時間長短就由你決定吧！」

修明終於露出些微的笑意說：「兩次見面的費用都由我來付，雖然我現在也只是小康平民階級，但這一點錢我還付得起。每次我們都共遊十來天吧！」

蘅芷點點頭，也露出笑容。

修明立刻說：「我回去除了改善事業外，就像明善說的，日本老人自殺率相當高，我的基金會將要加強這一區塊。」

蘅芷說：「如果你真的想念我了，可以到北京找我。」

修明回答：「這就太好了，我們也可以常常去渤海灣憑弔明善。」

蘅芷點點頭。

二〇〇〇年八月十五日中午十二時，蘅芷和修明一前一後雙雙踏入這個靜謐的墓園，他們各自拿著五十五朵的蝴蝶蘭和白色的百合花，修明先陪蘅芷到埋葬著許乾的墳塚合掌鞠躬，然後蘅芷再跟著修明到埋葬他父親的石碑放下白色的百合花。他們各自默禱了一會兒，蘅芷說：「下次我們見面的時候，你把以前明善買的，掛在『紅藥庵』那張徐渭畫的水墨芍藥給我好嗎？」

修明說：「沒問題！那是明善買回來的，相信他在天國也會很樂意送給妳。我已經賣掉了好幾層樓，也沒有地方放那麼多的字畫，前兩天打電話給明德，請他把這些字畫古董運回北京。明德說，他正巧要替明善成立一個藝文紀念館，這些字畫古董剛好都可派上用場。」

蘅芷問：「這個紀念館要用李明善的名字嗎？」

修明答：「我和明德商量過了，就用妳取的『**紅藥庵**』做紀念館的名字。」

蘅芷「哦！」了一聲，然後閉目合掌。

謹以此書向歷史悲劇下二戰的無辜犧牲者致敬

昭和十一年（1936 年）許乾與阿碧結婚，昭和二十（1945 年）日本宣布無條件投降，被徵調至南洋作戰的許乾卻再也沒有回來。

新加坡的「日本人墓地公園」，為戰死在東南亞的日本人包括台籍軍伕最大的墳塚。

一個墓碑，上萬個亡靈，裡面埋有多少無奈和血淚？

「陸海軍人軍屬留魂之碑」用來紀念 1942 年攻佔新加坡陣亡的日軍。

「從軍南洋會員戰死者之墓」，二次大戰被徵召參與南洋戰事的台籍軍伕，
最終歸鄉無望，客死異地。

解連環

作者：姚白芳
主編：曾淑正
美術設計：Zero
企劃：叢昌瑜

發行人：王榮文
出版發行：遠流出版事業股份有限公司
地址：台北市南昌路二段八十一號六樓
郵撥：0189456-1
電話：（02）23926899
傳真：（02）23926658

著作權顧問：蕭雄淋律師
二〇一五年八月一日　初版一刷
售價：新台幣二八〇元

ISBN 978-957-32-7672-2（平裝）

遠流博識網 http://www.ylib.com
E-mail: ylib@ylib.com

國家圖書館出版品預行編目（CIP）資料

解連環 / 姚白芳作 . -- 初版 -- 臺北市：
遠流 , 2015.08
面：　公分
ISBN 978-957-32-7672-2（平裝）

857.7　　104011817